책쓰기에
풍덩 빠지다

책쓰기에 풍덩 빠지다

펴낸날 2022년 1월 21일

지은이 한경화, 김영성, 이수아, 박의채, 이아현, 최주은, 유혜영, 이윤진, 빈다현, 김의찬, 정지우
펴낸이 주계수 | **편집책임** 이슬기 | **꾸민이** 전은정

펴낸곳 밥북 | **출판등록** 제 2014-000085 호
주소 서울시 마포구 양화로 59 화승리버스텔 303호
전화 02-6925-0370 | **팩스** 02-6925-0380
홈페이지 www.bobbook.co.kr | **이메일** bobbook@hanmail.net

© 한경화, 김영성, 이수아, 박의채, 이아현, 최주은, 유혜영, 이윤진, 빈다현, 김의찬, 정지우, 2022.
ISBN 979-11-5858-844-1 (03810)

책쓰기로 키우는 작가의 꿈 시리즈 ❻

책쓰기에 풍덩 빠지다

천안동성중학교 책쓰기 동아리 삼다(三多)

지도교사 한경화 & 김영성, 이수아, 박의채, 이아현,
최주은, 유혜영, 이윤진, 빈다현, 김의찬, 정지우

책을 펴내며

이 책은 천안동성중학교 인문 책쓰기 동아리 삼다(三多-독서多, 토론多, 글쓰기多) 친구들이 1년 동안 동아리 활동을 통해 틈틈이 쓴 창작글과 지도교사인 저의 글을 모아 만든 「책쓰기로 키우는 작가의 꿈」 여섯 번째 시리즈입니다.

저는 매년 책쓰기 동아리 학생들을 지도하며 아이들과 함께 「책쓰기로 키우는 작가의 꿈」 시리즈를 출간하고 있습니다. 그런데 올해는 제가 교통사고가 나서 4월 초 휴직을 하게 되어 학교생활과 교육활동이 모두 멈추어 버렸습니다.

그러나 3월에 이미 책쓰기 동아리를 조직하였고, 교육청에 책쓰기 프로젝트 계획서를 제출해 운영교로 선정되었습니다. 따라서 책쓰기 동아리 운영비가 이미 들어와 목적사업비로 예산이 배정되어 누구라도 책쓰기 동아리를 운영해야 하는 상황이 되었습니다. 고민이 깊었습니다.

다행히 여름방학이 끝날 무렵부터 저의 건강 상태가 조금씩 호전되어갔습니다. 이후 혹시 아이들이 방학을 이용해 짧게나마 자기 글을 쓴다면 힘을 내고 노력해서 출간해야겠다는 결심이 섰습니다.

책쓰기 동아리 아이들과 단톡방에서 이야기를 나누고, 책쓰기를 위한 출간 계획서 쓰기, 글쓰기 양식 등을 올려주고 틈틈이 동기부여의 글을 올려주며 글을 쓰도록 했습니다. 9월, 10월이 지나며 한 친구의 글이 완성되자 다른 학생들도 글쓰기에 대한 의욕을 불태우기 시작했습니다.

스스로 글감과 주제를 정하고, 학교 동아리 시간을 활용해 글쓰기 활동을 하며 서로서로 응원하면서 핸드폰으로 틈틈이 글을 써서 제게 보내왔습니다. 동아리 리더로서 자신의 글도 쓰면서 책임감 있게 동아리를 이끌어준 수아가 있었기에 이번 책도 출판할 수 있음에 수아에게 참으로 고마운 마음을 전합니다.

훗날 우리 학생 작가들이 어른이 되었을 때, 지금의 책쓰기 동아리 활동이 작가의 꿈을 이루는 주춧돌이 되었음을 추억하는 날이 오기를 바랍니다. 올해도 책쓰기에 도전해 알찬 결실을 맺은 삼다(三多) 친구들에게 큰 박수를 보내며 사랑스러운 글쟁이들의 꿈을 응합니다.

지도교사 한경화

저는 학생 작가입니다

안녕하세요! 삼다(三多- 독서多, 토론多, 글쓰기多) 책쓰기 동아리 기장 이수아입니다. 작년에 이어 책쓰기 동아리 활동을 하며 올해는 작년보다는 조금 더 수준 높은 글을 써 보자는 신념을 지니고 글을 쓰게 되었습니다. 하지만 그게 마음처럼 쉽지가 않았습니다. 정말 좋은 글을 써내고 싶어서 많은 글을 읽어보고 여러 사람에게 조언도 구했습니다. 그 결과 「속상한 게 있으면 말로 하자」라는 글을 쓰게 되었습니다.

「속상한 게 있으면 말로 하자」의 주제는 '친구들과의 관계'입니다. 모든 사람이 가장 어려워하고 가장 신경 쓰는 부분이 다른 사람들과의 관계일 것입니다. '관계'라는 것은 쉽게 변화할 수 있는 요소입니다. 내가 상대방에게 잘 대해주어도 상대방이 나를 그냥 아무 이유 없이 싫어한다면 그 관계는 틀어진 것이나 마찬가지입니다. 내가 아무리 노력을 해도 상대방이 가지고 있는 나에 대한 생각이 바뀌지 않는다면 그 둘의 관계는 평생 원만해지지 않을 것입니다.

제가 '관계'라는 주제를 가지고 글을 쓰게 된 이유는 저도 친구와의 틀어진 관계 때문에 많이 속상하고 힘들었던 경험이 때문입니다. 힘든 주제지만 글로 써 보는 것도 나쁘지 않겠다는 생각이 들어서 글을 쓰게 되었습니다. 저는 이미 틀어진 관계가 어떤 것인지, 어떤 느낌 드는지 알기 때문에 글을 쓰는 데에는 큰 어려움이 없었지만, 글을 쓰는 중간에 그때의 생각이 떠올라서 글을 쓰는 게 조금 힘들었습니다. 그래도 글을 완성시켜서 다행이라는 마음이 더욱 컸습니다.

올해도 동아리 부원들이 저를 믿고 의지해 주어서 동아리 기장이 되었습니다. 작년, 동아리 부기장이었을 때는 이 동아리에 처음 들어오게 되어서 아는 것이 별로 없었기 때문에 부원들을 잘 도와주지 못해서 조금 미안하고 속상했었는데 올해에는 작년에 했던 것을 기반으로 책쓰기 동아리에 대해 아는 것도 많아져서 부원들을 잘 이끌어나가고 많은 도움을 줄 수 있어서 정말 뿌듯했습니다.

동아리 기장으로서 동아리 부원들을 잘 이끌어나가야 한다는 부담감이 없지 않아 있었지만 그래도 저를 잘 믿어주고 잘 따라와 주어서 정말 고마웠습니다. 저는 동아리에 들어오고 나서 단 한 순간도 동아리에 들어오게 된 것을 후회한 적이 없습니다. 저에게 책쓰기 동아리 활동은 정말 뜻깊고 활동했던 모든 순간이 행복했습니다.

그동안 삼다 책쓰기 동아리를 함께해 준 모든 부원에게 고맙다는 말을 전하고 싶고, 동아리를 이끌어주시고 우리들에게 작가가 될 수 있다는 꿈을 품게 해주신 한경화 선생님께 감사하다는 말씀을 전하고 싶습니다. 지금까지 저의 글을 읽어주신 모든 분께 감사드리며 삼다 책쓰기 동아리 활동이 다음 후배들에게도 계속 이어지기를 바랍니다.

책쓰기 동아리 리더 이수아

저는 학생 작가입니다

차례

'삼다(三多)' 책쓰기 동아리를 소개합니다

· 한경화 ·

올 6월에 교육부에서 발행하는 교육잡지 「행복한 교육」으로부터 우리 '책쓰기 동아리'를 취재하고 싶다는 연락을 받았다. '삼다'에 대한 소문을 듣고 학교로 연락을 했던 모양이다.

병휴직 중이었던 터라 후배 교사로부터 연락을 받고 전화와 문자로 동아리 아이들의 인터뷰를 준비시켰다. 그런데 아이들은 인터뷰에 의욕을 보이지 않고 두려워하는 듯했다.

인터뷰가 잡힌 날, 학교에서 아이들을 취재하고 사진을 찍은 날 저녁에 취재기자님에게 연락이 왔다. 아이들과의 취재가 다소 부족하니 지도교사인 나와 다시 인터뷰하고 싶다고 말이다.

이런저런 이야기를 나누다 좀 더 자세히 동아리 활동에 대한 인터뷰 자료를 메일로 보낼 테니 기록해주기를 요청했다. 나는 설레는 마음으로 인터뷰 질문 내용에 하나하나 답을 하며 동아리 활동을 다시 한 번 돌아보았다.

「행복한 교육」 잡지에 수록된 동아리 소개자료와 사진, 메일로 주고받은 인터뷰 질문 내용을 동아리 소개자료로 수록하며, 앞으로 힘들어서 그만두고 싶어지는 날이 오더라도, 교직을 그만두는 날까지 아이들과 함께 글쓰기와 책 출판을 하리라 결심해본다.

천안동성중학교 책쓰기 동아리 '삼다(三多)' 읽고 토론하며 책을 쓰는 아이들

어른들의 눈높이에서 학생들의 글은 어설프고 미숙하다고 생각하기 쉽다. 하지만 학생들의 글은 결코 미숙하거나 어설프지 않다. 때론 어른들도 생각하지 못한 깊은 사유가 묻어나는 글을 쓰기도 하며 그들의 내면과 성장통을 드러내기도 한다. 청소년기 책 쓰기 활동을 통해 자신의 정체성을 찾고 내면을 성찰하며 사유의 폭을 넓히고 있는 천안동성중학교 책쓰기 동아리 삼다 학생들을 만났다.

2021년 7월호 「행복한 교육」 수록 표지 및 표제 기사

네 꿈을 펼쳐라

천안동성중학교
책쓰기 동아리 '삼다'

청소년기 책 쓰기 활동을 통해 자신의 정체성을 찾고 내면을 성찰하며 사유의 폭을 넓히고 있는 천안동성중학교 책쓰기 동아리 삼다 학생들을 만났다.

"우리 함께 책 읽어요."

디지털 세대인 우리 학생들은 손안의 스마트폰 세상에 무척 익숙합니다. 그러나 우리 나라 청소년 스마트폰 이용자 3명 중 1명은 과의존으로 일상생활에 어려움을 호소한 다는 사실을 아십니까? 청소년 여러분! 스마트폰을 잠시 내려놓고 책과 대화를 나눠 보면 어떨까요? 사진은 동성중학교 책쓰기 동아리 '삼다' 학생들의 모습

책쓰기에 풍덩 빠지다

인터뷰 질문과 답변

* 코너명: 네 꿈을 펼쳐라

  여러분의 꿈은 무엇입니까? 동아리 활동을 통해 청소년들의 꿈을 향한 열정과 도전을 소개하는 코너

* 취재 일정: 2021년 6월 7일 오후 3시경

  편집장, 사진작가

* 취재 내용: 책쓰기 동아리 '삼다' 활동 소개

* 질문 내용

[질문 1] 교직 활동을 하면서 책쓰기 활동을 시작하게 된 계기는 무엇입니까?

☞ 1992년에 첫 발령을 받고 아이들의 국어 수업을 진행하며 독서와 토론, 글쓰기의 필요성과 중요성을 절감했습니다. 문해력과 독해력이 부족한 아이들은 국어뿐만 아니라, 다른 과목의 공부에도 어려움을 겪었습니다. 그래서 독서를 기반으로 하는 토론 수업과 글쓰기를 활용한 창의적 생각 펼치기 수업을 전개하며 아이들의 성장을 뿌듯하게 지켜보았습니다.

독서·논술·토론동아리를 매년 운영하여 공문으로 전달되는 각종 글쓰기대회에 도전하며 아이들을 지도하고, 수상의 기쁨을

맛보며 일신우일신(日新又日新) 하는 성장을 이루던 중, 인문학 열풍이 불던 2014년에 학생들의 책쓰기 지도 사례를 연수를 통해 접하게 되었습니다. 연수를 듣고 학교로 돌아가 동아리 아이들과 우리도 한 번 도전해보자는 생각을 모았습니다.

늘 해오던 독서활동은 '책쓰기'라는 목표를 만나 더욱 불을 지폈고, 그 당시엔 일주일에 1권의 책을 읽고 만나 독서토론을 하고, 독후감 쓰기를 할 정도로 아이들도 교사인 저도 열정이 넘쳤습니다. 아이들이 쓴 글을 한 명 한 명 글쓰기 지도를 하며 글쓰기 능력을 키웠습니다.

이런 과정을 바탕으로 2016년 7월에 『중학생 글쓰기를 부탁해(2016. 한경화)』라는 책쓰기 관련 책을 출판하였고, 같은 해 12월에 동아리 아이들의 글을 모은 『열다섯 우리들의 꿈(2016. 책쓰기 동아리 삼다)』을 출간하며 이후 책쓰기 동아리로 동아리 명칭을 바꾸고 매년 '책쓰기로 키우는 작가의 꿈 시리즈'를 출간하게 되었습니다.

[질문 2] 학생들과 정기적으로 책을 읽는 시간이 있나요? 주로 어떤 책을 읽는지 궁금합니다. 책 선정 기준과 아이들과의 토론활동 중 기억에 남는 활동이 있다면 말씀해 주십시오.

☞ 천안동성중학교 학생들은 전 학년 국어 시간에 '국어 시간 종

이 울리면' 프로그램(국어 수업 시작종이 울리면 5분~10분 동안 사제동행 독서를 하는 독서프로그램)을 통해 꾸준히 독서를 합니다. 독서를 강조하는 학교의 분위기 덕분에 동아리 아이들은 독서의 생활화를 당연히 여기고 있으며, 코로나 19 이전까지는 자율동아리 활동을 하는 매주 월요일 아침에는 도서관 동아리실에 모여 함께 정해진 책을 읽고 토론을 하였습니다. 현재는 자율독서를 주로 하는 편입니다.

책은 동아리에서 출간한 책을 함께 읽고 느낌과 생각을 나누기도 하고, 제가 추천하는 책을 읽고 점심시간에 모여 토론을 하기도 합니다. 또, 각자 읽고 싶은 책을 선택해 읽고 서로 책 소개를 하는 활동으로 토론하기도 합니다.

'난 아프지 않아'란 책을 읽고 주인공과 친구들의 행동과 학교폭력의 심각성에 대해 깊은 생각과 깨달음을 나누며 토론할 때, 아이들이 주인공의 이야기에 공감하며 너무 마음이 아프고 슬펐다는 이야기 속에서 물기 어린 눈망울을 보았을 때 아이들의 촉촉한 마음과 감성을 만났을 때가 가장 기억에 남습니다.

[질문 3] 공동으로 책을 쓴다는 것은 생각만큼 쉽지 않았을 텐데, 공동으로 책을 만드는 과정을 구체적으로 소개해 주십시오. 그리고 책을 만드는 과정에서의 에피소드가 있다면 말씀해 주십시오.

☞ 공동으로 책을 쓴다는 것은 분명 쉽지 않은 일입니다. 그러나 어

렵다는 생각만으로 시도를 안 하면 책쓰기와 책 출판은 불가능한 일입니다. 어렵지만 저는 이렇게 시작하고 진행하였습니다.

우선, 동아리 학생들의 수준 및 요구를 파악하는 것이 중요합니다. 동아리 모집 홍보 시에 글을 잘 쓰는 아이들보다, 글을 쓰고 싶다는 의지와 책을 출판하고 싶어 하는 요구를 가진 아이들을 모집합니다.

동아리 첫 시간에 책 출판에 관한 동기를 부여하고, 쓰고 싶은 주제를 토론을 통해 정합니다. 그리고 각자 쓸 글의 출간 계획서를 작성하도록 합니다. 출간 계획서를 검토한 후 목차별로 글쓰기를 진행하도록 합니다. 글쓰기는 기한을 정해놓고 쓰도록 하여 목표한 기한 내에 글이 완성되도록 합니다.

인물 설정, 인물의 성격과 배경 정하기, 줄거리 생성하기, 갈등 요소 만들기 등 이야기가 지녀야 할 요소들은 글쓰기 과정에서 계속 체크하고 점검하며 진행합니다. 글이 완성되면 동아리 원들끼리 짝을 지어 상호검토를 하고 1차로 수정·보완을 하도록 합니다.

1차 완성된 글. 이제는 교사인 제가 최종 검토를 한 후 첨삭을 통해 2차로 고쳐 쓰기를 하도록 합니다. 고쳐 쓰기 후 최종 검토를 통해 글을 완성합니다. 등장인물 소개자료를 만들도록 하고, 인물 캐릭터를 그리거나 삽화를 그리는 일까지 해보도록 지도합니다.

에피소드- 글쓰기와 책 출판에 의욕을 불태우던 아이들이 중간고사와 기말고사, 수행평가, 과제, 학교 행사 등에 치이다 보면 아이들은 글쓰기를 포기하고 싶어 하기도 하고, 어려움을 토로하며 징징대기도 합니다. 그때, 교사가 조금 더 도움을 주고 동기부여를 통해 끝까지 글을 완성할 수 있도록 합니다.

[질문 4] 선생님들이 한 해 한 해 아이들이 다르다는 이야기를 합니다. 어떤 점이 다른지 궁금합니다. 5년 전의 아이들과 지금 아이들의 독서성향과 글쓰기 성향을 짚어주십시오.

☞ 학교의 상황이나 학생들의 상황은 매년 변합니다. 학교가 운영하는 각종 교육과정과 학원 학습을 병행하며 학생들은 바쁜 일과를 소화해야 합니다. 학생들의 사교육에 할애하는 시간이 많아지면서 동아리 활동에 임하는 시간이 점점 줄어듭니다. 그러다 보니 아이들 만나는 시간도 여의치가 않아져 동아리 활동을 예전처럼 모여서 얼굴을 맞대고 하기가 어렵습니다. 그래서 작년부터는 SNS나 온라인을 통해 대화를 나누고 의견을 교환하며 책쓰기 활동을 진행하고 있습니다.

시대와 사회적 환경이 변화되면서 학생들의 독서성향도 많이 바뀌었습니다. 아무리 좋은 내용의 책이라도 두껍거나 글로만 이루어진 지루한 책은 처음부터 읽기를 꺼리고, 그림이 삽입되거나, 쉽고 짧은 글로 이루어진 책, 판타지적 요소가 있거나 재미있고 흥미로운 책, 표지가 예쁜 책을 선호합니다. 글쓰기 성향도 매년 바뀌어 현실의 각종 매체에서 접하는 판타지적 요소나 개인의 마음을 풀어내는 요소를 가진 글을 쓰고 싶어 합니다. 작년과 올해의 경우는 코로나 상황으로 여러 가지 어려워진 상황을 고려해 아이들이 쓰고 싶어 하는 글을 쓰도록 허용하였습니다. 시대적 상황이 좋아져 좋은 여건을 주면 그때 다시 주제가 있는 좋은 글을 쓸 수 있다고 믿습니다.

[질문 5] 천안교육지원청의 글쓰기 사업에 참여하고 있다고 들었는데, 구체적으로 교육지원청에서는 어떤 도움을 주는지 궁금합니다.

☞ 천안교육지원청에서는 매년 책쓰기 동아리 공모 사업을 통해 학교당 책쓰기 동아리에 150만 원에서 200만 원 정도의 예산을 지원해 줍니다. 또, 책쓰기 동아리 지도교사 협의회를 통해 학교 간 사례 나눔을 통해 책쓰기 동아리 활동을 할 수 있도록 도움을 줍니다. 예산 지원과 협의회 덕분에 책쓰기 동아리 운영 및 책 출판이 가능합니다.

[질문 6] 청소년들의 글쓰기를 성인 입장에서는 미성숙하지 않나 생각이 듭니다. 청소년기 과정에서의 글쓰기가 갖는 무엇일까요?

☞ 학생들의 글이 어른들의 입장에서 보면 어설프고 미숙한 느낌이 들 수 있습니다. 그런데 그동안 지도를 하면서 느낀 점은 학

생들의 글이 결코 미숙하거나 어설프지만은 않다는 것입니다. 때론 어른들도 생각지 못한 깊은 사유가 묻어나는 글을 만나기도 하고, 학생들의 내면과 성장통을 만나며 학생들을 깊이 이해하게도 합니다.

어른 중에서 책을 쓰고 싶은데 어렵다, 어떻게 하면 글을 잘 쓸 수 있는지를 고민하는 어른들이 참 많습니다. 학생 시기의 글쓰기는 내면을 성찰하게 하고, 사유의 폭을 넓힐 뿐 아니라, 창작이라는 과정을 통해 창의적 사고력과 상상력을 넓혀 풍부한 삶을 살 수 있을 것입니다. 그리고 이다음에 어른이 되었을 때 훨씬 더 풍부하게 많은 일을 계획하고 이루어낼 힘을 갖게 되리라고 생각합니다.

[질문 7] 그동안 5권의 작품집 중에서 특별한 의미가 있는 책이 있나요? 그리고 유독 애장하시는 작품이 있다면. 그 이유는 무엇인가요?

☞ '책쓰기로 키우는 작가의 꿈 시리즈'①~⑤는 제게 모두 특별하고, 의미 있고, 소중합니다. '책쓰기로 키우는 작가의 꿈 시리즈' ①인 **『열다섯 우리들의 꿈』**은 첫 책이어서 특별하고, **『글을 쓴다는 것』**은 아이들마다 글을 쓰는 일에 대한 깊은 사유를 담았기에 무엇보다 소중한 책입니다. **『학교에서 만난 기적』**은 다양한 주제마다 학생들의 알차고 우수한 글들이 수록되어 있어 애

착이 가는 책입니다. 『생각을 시로 물들이다』는 1학년 학생들과 자유 학년제 시 쓰기 수업을 하며 시를 창작하고 고쳐 쓰고, 낙엽 시화를 제작하고, 시집으로 창작한 수고가 많이 들어간 책인데, 수업을 들은 1학년 학생 전체가 시인이 된 책이라 유독 애착이 갑니다. 작년에 출간한 『책을 쓰는 아이들』은 온라인 수업과 등교 수업을 병행하는 어려운 시기에 출판한 책이라 내용의 질과 상관없이 기특한 책입니다.

[질문8] 코로나 19 상황에서 책을 읽고 글쓰기 활동은 개별활동이 가능했을 것 같은데, 반대로 토론이나 책 편집과 관련한 활동은 어려울 것 같다. 어떻게 극복했나요?

☞ 등교 시, 동아리 활동 시간에 토론활동을 주로 하였고, SNS 단톡방을 만들어 의견을 나누고 모으며 토론활동을 채웠습니다. 책 편집은 처음에 글쓰기 샘플 파일을 나누어 주어 그 틀에 맞게 쓰도록 하고, 1차 수정 보완 및 편집은 학생 상호 간에 진행하도록 하고, 수정된 글이 들어오면 제가 오·탈자와 비문 등을 최종 수정하고 편집을 한 뒤 합본을 합니다. 이 과정이 사실 어렵긴 하지만 틈틈이, 책이 출간될 때의 기쁨을 상상하며 힘을 내며 진행합니다.

[질문 9] 총 5권의 작품집을 출간했다고 들었습니다. 어떤 기획의도를 가지고 출간하시는 건지, 아니면 그해 그해 활동에 따라 달라지는지 궁금합니다.

☞ 그해 그해 만난 학생들의 특성과 성향, 요구에 따라 출판할 책의 방향을 결정합니다. 주로 학생들과 의견 나눔과 토론을 통해 기획의도가 정해지고 책의 내용이나 주제가 결정됩니다. 가급적 학생들의 의견을 존중하고 수렴하며 저는 조력자와 지도자의 역할에만 충실하려고 노력합니다.

[질문 10] 올해 새롭게 발간되는 책이 있다고 들었습니다. 어떤 내용의 책인지 궁금하며, 어떻게 준비하고 있는지 계신가요?

☞ 올해도 학생들이 자유주제로 책쓰기를 하기 원했기 때문에 각자 자유주제로 출간 계획서를 작성하였습니다. 글이 완성되면 완성된 글의 내용을 바탕으로 아이들이 상의하여 제목이 정해질 것입니다. 출간 계획서의 내용을 보니, 학생들이 학교생활이나 가정 등 일상에서 겪는 다양한 갈등들을 소재로 이야기를 창작하는 것 같습니다. 현재 각자가 정한 출간 계획서상의 목차 1의 글쓰기 과정에 있습니다.

[질문 11] 글쓰기의 최대 장점을 꼽는다면 무엇이라고 생각하십니까? 그리고 글쓰기를 한 문장으로 표현한다면.

☞ 글쓰기를 한 문장으로 표현한다면, '글쓰기는 삶을 바꾸는 열쇠'라고 생각합니다. 글쓰기는 자신의 삶과 이야기를 글에 담고 그 글을 통해 타인과 교류하고 소통함으로써 자신 있게 삶도 가꿀 수 있습니다. 열등감을 느끼고 있던 친구들이 글쓰기를 하면서 자신감을 느끼게 되기도 하고, 글쓰기를 통해 자신의 꿈을 찾기도 합니다.

또, 글을 쓰며 마음의 상처를 보듬거나 위로를 받기도 하고, 자신을 성찰하며 훨씬 더 나은 내면의 힘을 갖기도 합니다. 그래서 자기 생각을 글쓰기의 소재로 삼아 꾸준히 글쓰기를 한다면 어느 순간 글쓰기는 자신의 삶을 바꾸는 소중한 열쇠가 될 수 있다고 믿습니다.

속상한 게 있으면 말로 하자

· 이수아 ·

나에겐 두 개의 친구 무리가 있다

그날도 어김없이 똑같은 하루였다. 아, 모든 게 똑같은 것은 아니었다. 전 세계 모든 학생이 가장 어려워하고 힘들어하는 원만한 친구 관계. 나와 친구들의 관계도 '오해와 갈등' 그것 때문에 갈라지게 되었다.

오늘은 오랜만에 학교에 가는 날이다. 여름방학 때 2학기 공부를 예습하다 보니까 친구들을 만날 시간이 없어서 오랜만에 친구들을 보는 것이었다. 친구들을 오랜만에 만나니 너무 좋았다.

이쯤에서 미리 설명해 보자면 나의 친구 무리는 두 개다. 첫 번째 무리는 내가 초등학생 때부터 친하게 지내 온 친구들이다. 이 무리는 나를 포함해서 총 12명이기 때문에 다른 친구들이 우리를 좀 무서워하는 경향이 없지 않아 있다. 그래도 인간관계는 다들 원만하다.

두 번째 무리는 중학교에 올라오게 되면서 새로 다니게 된 학원에서 형성된 무리이다. 이 무리는 나를 포함해서 총 3명이다. 나, 지한이, 유하 우리 셋은 똘똘 뭉쳐서 항상 같이 다니고 모든 일을 공유했다. 그 사건이 일어나기는 전까지는 말이다.

1. 친구들의 배신

인터넷에서 '여자의 촉은 틀리지 않는다'는 말을 본 적이 있다. 어느 날부턴가 갑자기 지한이랑 유하가 나를 슬슬 피하는 게 눈에 보였다. 나한테 연락을 하지도 않고 학교에서 마주쳐도 인사를 하지 않았다. 처음 그런 것을 느꼈을 때는 '반이 달라서 둘이 더 친해져서 그런 거구나'라고 생각했었는데 시간이 지날수록 그게 아니라는 것을 알게 되었다.

나는 이런 경험을 처음 겪어보는 것이어서 너무 당황스럽고 무서웠다. '애들이 나를 왜 피할까?' 이 생각을 하루에 수백 번 아니 수백만 번을 한 것 같다. 애들에게 나를 왜 피하냐고 물어보고 싶었지만, 만약 솔직하게 물어보면 아예 우리 사이가 멀어질까 봐 물어보지 못한 채로 계속 불안하게 학교에 다녔다. 학교에서 나를 피하는 것은 약과였다.

우리 셋은 같은 학원에 다녀서 학교가 끝나면 다 같이 학원에 간다. 그런데 학원에 갈 때도 둘이서만 대화를 나누면서 가고, 학원 쉬는 시간에도 둘이서만 대화를 나누고, 화장실도 둘이서만 갔다. 너무 속상했지만 나는 친구들과의 관계가 깨지지 않았으면 하는 마음에 꾹 참고 애써 밝은 척을 했다.

2. 갈라서버린 우리

오늘 급식에는 맛있는 게 많이 나왔다. 오랜만에 급식으로 맛있는 것을 먹으니 기분이 좋았다. 기분 좋게 밥을 먹고 친구들과 양치하려고 가방에서 양치 도구를 꺼냈는데 쪽지가 하나 떨어졌다. 나는 그 쪽지가 별로 중요하지 않은 쪽지라고 생각해서 다시 가방 안에 넣어두고 친구들과 양치를 하러 갔다. 양치를 끝내고 반에 돌아와서 나는 그 쪽지를 읽어보았다.

'너 진짜 싫어, 완전 짜증 나.'

어라, 이게 뭐지? 누가 나한테 이런 쪽지를 보냈을까? 곰곰이 생각해 보았다. 머릿속에 갑자기 지한이랑 유하가 딱 떠올랐다.

'지한이랑 유하가 나한테 이런 짓을 했을까?'

갑자기 머릿속이 복잡해졌다. 그 생각 때문에 오후 수업이랑 학원 수업을 집중해서 듣지 못했다.

다음 날에도 가방에 쪽지가 들어있었다. 근데 어제와 달리 내가 감당하지 못할 정도의 수위가 강한 말들이 적혀져 있었다.

'××, 너 진짜 싫어. 네가 죽어버렸으면 좋겠어.'

'너 진짜 왜 살아? 그냥 죽어라. ㅋㅋ'

가방 안에 쪽지가 더 있을까 봐 가방 안에 손을 넣고 찾아봤는데 손에서 이상한 느낌이 났다. 나는 재빨리 가방에서 손을 빼 보니 손바닥에 벌레들이 기어 다니고 있었다. 나는 깜짝 놀라 가방을 뒤집어서 흔들어보았다. 가방 안에서 벌레들이 후드득 떨어졌다.

나는 너무 무서워서 눈에서 눈물이 막 떨어졌다. 내가 뭘 잘못했다고 이런 말들을 들어야 하는지 모르겠다. 멘탈이 나가는 것 같았다. 나는 이 상태로는 수업을 듣지 못할 것 같아서 보건실에서 한 시간을 쉬었다.

심증은 있는데 물증이 없는 이 상황, 정말 어떻게 해야 할지 모르겠다. 학교가 끝나고 셋이서 학원에 갔다. 오늘도 어김없이 둘이서만 대화를 했다. 학원에 도착하고 나니 갑자기 울음이 터질 것만 같았다. 내가 왜 계속 이런 취급을 받아야 하는지 갑자기 너무 서러워졌다.

엄마에게 전화를 걸었다. 엄마에게 오늘만 학원을 빠지면 안 되겠냐고 물어봤는데 엄마께서 흔쾌히 허락해 주셨다. 엄마가 많이 바쁘셔서 데리러 오지 못하겠다고 하셔서 외삼촌께 집에 데려다 달라고 부탁했다. 강의실에 들어가서 내가 짐을 싸니 애들이 다 놀란 표정을 지었다. 그중에는 지한이랑 유하도 있었다. 나는 애들 표정을 무시한 채 재빨리 학원에서 나왔다.

얼마 후 외삼촌께서 오셨다. 나는 차에 타자마자 인사도 드리지 못한 채 갑작스럽게 울음을 터트렸다. 내가 갑자기 울음을 터트리니 외삼촌께서 나에게 아무 말도 건네지 않고 근처에 차를 세운 후 잠깐 밖에 나가계셨다. 그런 외삼촌에 배려에 정말 감사했다. 울음이 멈추지 않았다. 그냥 주르륵주르륵 계속 눈물이 흘렀다. 체감상 10분 뒤, 외삼촌이 차에 타셨다. 외삼촌께서 나에게 왜 울었는지 물어보지 않으셨다. 갑자기 나에게 물으셨다.

"하서야, 우리 삽교천이나 갈까?"

나는 오랜만에 바람을 쐬고 싶어서 가겠다고 했다. 오랜만에 간 삽교천은 바뀐 게 하나도 없었다. 외삼촌이 곧 있으면 해가 져서 날씨가 쌀쌀해진다고 하셔서 우리는 가까운 커피숍에 들어가 차를 시켰다. 나는 내가 가장 좋아하는 유자차를 시켰다. 유자차는 언제 먹어도 맛있었다. 우리는 커피숍에서 나와 근처 벤치에 앉아 파도가 일렁이는 것을 구경했다.

외삼촌께서 내 눈치를 보시다가 아까 내가 왜 울었는지 말해줄 수 있냐고 조심스레 물으셨다. 어차피 이 일을 숨겨봤자 나만 힘드니까 그냥 다 털어놓았다. 외삼촌께서 내 얘기를 듣고 고심이 생각하시다가 내게 조언을 해주셨다.

"하서야, 그런 애들은 네가 커서 사회에 나가게 된다면 훨씬 더 많이 있을 거야. 그러니까 너무 속상해하지 마. 네가 지금 게네한테 복수하는 방법은 공부로 게네를 이기는 수밖에 없어. 그니까 잡생각은 버리고 이번 기말고사 준비 열심히 해."

외삼촌의 조언을 듣고 나니 공부를 정말 열심히 해야겠다고 생각했다.

3. 11월의 시작

외삼촌과 삽교천에 다녀온 다음 날 나는 학원을 그만두기로 했다. 엄마께서도 그러는 게 좋을 것 같다고 하셨다. 엄마께서는 내 얘기를 듣고는 말없이 나를 안아주셨다. 오랜만에 안긴 엄마에 품은 정말 따뜻하고 포근했다.

다음날, 학교가 끝나고 밖에서 친구들(첫 번째 무리)과 엄마를 기다렸다. 친구들과 얘기를 하면서 고개를 돌렸는데 지한이와 유하랑 눈이 마주쳤다. 지한이와 유하는 내가 자신들을 기다리지 않고 밖에서 다른 친구들과 있으니 조금 놀란 표정을 짓고 있었다. 나는 그 모습이 너무나 보기 싫어서 다시 고개를 돌렸다.

나는 친구들(첫 번째 무리)에게 내가 지난 시간 동안 겪었던 일들을 얘기해주었다. 친구들이 자기 일처럼 막 화를 내주었다. 진정한 친구들은 달랐다. 나는 이 친구들에게 너무나 고마웠다. 친구들은 나에게 그런 애들은 그냥 무시하라고 조언까지 해주었다. 역시 오래된 친구들은 달랐다.

학원을 그만두고 나니 곧 있으면 보게 될 기말고사가 걱정되었다. 하지만 학원을 그만두니 좋은 점이 더욱 많았다. 시간 활용을 내 마음대로 할 수 있게 되어서 취미생활도 할 수도 있고, 내가 부족했던 부분을 더 공부할 시간이 많아졌다. 기말고사는 딱 한 달이 남았다. 한 달 동안 내가 기말고사 준비를 잘할 수 있을지 모르겠다.

근데 혼자서 공부하는 게 은근 괜찮은 것 같았다. 시끄럽지도 않고 조용해서 너무 좋았다. 나는 의외로 순탄하게 공부를 해나갔다. 갑자기 공부가 너무 재밌어져서 정말 하루 중 의자에서 엉덩이를 떼는 시간이 별로 없었다. 내가 노력한 만큼 점수 잘 나왔으면 좋겠다.

12월 22일, 오늘은 학원을 그만두고 나 혼자 공부하며 치르는 대망의 첫 시험 날이다. 나는 떨려서 배가 살살 아파졌다(긴장하면 배가 아파지는 체질이다). 첫날 본 시험은 영어 빼고 다 잘 봤다. 사실 1학기 때 영어시험이 너무 쉬워서 공부를 별로 안 했었는데 2학기 때 갑자기 시험문제가 어려워져서 깜짝 놀랐다. 그래도 엄청 못 본 거는 아니어서 다행이었다.

12월 23일, 시험 마지막 날이다. 오늘은 날씨가 정말 추웠다. 옷을 좀 더 따뜻하게 입고 올 걸 그랬다. 오늘은 수학이랑 역사 빼고 다 잘 봤다. 수학은 정말 열심히 했는데도 점수가 잘 나오지 않았다. 수학은 나와 안 맞는 것 같다. 역사도 열심히 공부했는데 문제가 조금 어려워서 몇 개는 찍었다. 그래도 세계사 부분은 다 맞아서 다행이었다.

12월 25일, 오늘은 크리스마스이다. 친구들이 놀자고 불렀는데 밖에 나가기 귀찮아서 집에만 있었다. 집에서 가족들과 같이 맛있는 것도 먹고 크리스마스 선물도 받고 재밌는 영화들도 많이 봤다. 크리스마스에는 티브이에서 영화를 많이 방영해 준다. 나는 〈나 홀로 집에〉라는 영화를 한 번도 보지 않아서 그것을 봤다. 그리고 이어서 해리포터 시리즈도 하나도 빠짐없이 다 봤다. 해리포터는 예전부터 좋아해서 이미

다 봤던 영화지만 그래도 재밌어서 또 봤다.

12월 31일, 드디어 대망의 2020년 마지막 날이다. 오늘이 지나면 나는 16살이 된다. 우리 가족은 거실에 다 같이 모여서 가요대축제를 보면서 12시가 되기를 기다렸다. TV에서 카운트다운을 하기 시작했다.

"5,4,3,2,1 HAPPY NEW YEAR!"

새해가 밝았다. 우리는 케이크에 촛불을 붙이고 소원을 빌었다. 나는 '올해에는 좋은 일만 가득했으면 좋겠어요. 그리고 우리 가족이 오래오래 건강하고 행복하게 살게 해주세요'라고 빌었다.

4. 열여섯 살의 시작

1월, 우리는 성적표를 확인하러 학교에 갔다. 떨리는 마음으로 성적표를 받아서 평균을 구해봤는데 글쎄, 평균이 10점이나 올랐다. 나는 내가 평균을 잘 못 계산한 줄 알고 5번이나 다시 평균을 계산했다. 정말 1학기 평균보다 10점이나 올랐다. 나는 너무 기분이 좋아서 소리를 지르고 싶었다. 이 소식을 친구들에게 들려주니 친구들이 너무 잘 됐다면서 자신들의 일처럼 축하해 주었다. 올해의 시작이 좋았다.

3월 2일, 겨울방학이 끝나고 오랜만에 학교에 갔다. 나는 설레는 마음을 안고 중앙현관으로 달려갔다. 중앙현관 TV 화면에 반 배정표가 나와 있었다. 나는 4반이었다. 나 말고 우리 반에 누가 있나 확인해 보았는데 글쎄, 지한이가 있었다. 나는 지한이랑 같은 반이 된 게 너무 싫었다. 반에 들어가 보니 친한 친구들이 몇 명 있었다. 나는 그 친구들과 재미나게 1년을 보내면 되겠다고 생각했다.

수업이 끝나고 매번 쉬는 시간마다 유하가 우리 반에 찾아와서 지한이랑 놀았다. 나는 겉으로는 신경 안 쓰는 척을 했지만 속으로는 그 둘이 무척이나 신경이 쓰였다. 요즘 들어 소설책에 재미가 들어서 나는 쉬는 시간마다 짬짬이 책을 읽었다. 근데 자꾸만 지한이랑 유하의 비웃음 소리가 내 귀에 들려왔다. 나는 그 비웃음 소리가 왠지 나를 향한 것 같아서 굉장히 기분이 좋지 않았다.

며칠 뒤, 갑작스럽게 선생님께서 역사 활동지를 걷는다고 하셨다. 나는 이미 역사 활동지 작성을 끝마쳐서 기분 좋게 선생님께 내려고 활동지 파일을 열었다. 그런데 그 활동지가 파일 안에 없었다. 나는 몹시 당황했다. 가방 안, 사물함 안, 책상 서랍 안을 샅샅이 찾아봤는데도 없었다. 뭔가 느낌이 싸해서 뒤를 돌아보니 지한이가 나를 보면서 활짝 웃고 있었다. 나는 그 순간 다리에 힘이 탁 풀려서 주저앉아 버렸다. 선생님께 양해를 구해서 내일까지 내도 되겠냐고 부탁드렸다. 다행히 선생님께서 그러라고 하셨다.

그 사건 이후로 한 달 동안은 아무 탈 없이 학교생활을 했다. 그날도 어김없이 똑같은 날이었다. 나는 체육을 마치고 반으로 돌아와서 땀을 식히고 있었다. 친구들이 물을 마시러 가자고 해서 나는 내 물병을 챙겨서 친구들을 따라갔다. 물병에 물을 담고 물을 마시는 순간 이상한 냄새가 났다. 나는 그냥 땀 냄새겠지 싶어 별거 아닌 듯이 넘겼다. 그 순간 몸에서 이상한 기분이 들었다. 몸이 갑자기 막 간지러워지기 시작했다. 친구들이 옆에서 빨리 보건실에 가보라고 말한 순간 나는 정신을 잃고 쓰러졌다.

눈을 떠보니 병원이었다. 옆에서 부모님께서는 펑펑 울고 계셨다. 엄마를 부르는 순간 엄마는 바로 의사를 불렀다. 의사가 말하길

"물병 안에 표고버섯 가루가 들어있었습니다."

나는 굉장히 놀랐다. 이쯤에서 말하는데 나는 버섯 알레르기가 있다. 버섯 향기만 맡아도 온몸에 두드러기가 난다. 엄마께서는 누가 내

물병에 표고버섯 가루를 넣었는지 반드시 찾아내겠다고 소리를 지르면서 화를 내셨다.

나는 갑자기 머릿속에 지한이랑 유하가 떠올랐다. 지한이랑 유하는 내가 버섯 알레르기가 있다는 사실을 알고 있었다. 그러면 이런 짓을 할 사람은 게네밖에 없었다. 나는 엄마에게 그냥 내가 알아서 하겠다고 말하니 엄마께서 처음에는 화를 내시다가 나중에는 내 뜻대로 하게 내버려 두셨다. 나는 약을 처방받고 바로 학교로 갔다.

학교에 가보니 마침 하교 시간이었다. 나는 차 안에서 지한이랑 유하를 기다렸다. 지한이랑 유하가 웃으면서 내려오고 있었다. 나는 순간 너무 화가 나서 지한이랑 유하가 있는 곳으로 달려갔다. 지한이랑 유하는 나를 보더니 깜짝 놀란 표정을 지었다. 나는 애들에게 잠시 이야기를 나누자고 했다. 둘은 마지못해 알겠다고 했다.

우리들은 커피숍에 자리를 잡았다. 지한이랑 유하에게 물었다. 너희들이 내 물병에 표고버섯 가루를 넣었냐고. 처음에는 둘 다 아니라고 말했지만 내가 집요하게 물어보니 끝내 자신들이 했다고 말했다. 나는 너무 화가 나서 그 주위에 있는 물건들을 다 엎어버리고 싶었지만 차분하게 왜 그랬느냐고 물어봤다. 그런데 갑자기 지한이가 울면서 내게 말했다.

"네가 작년에 화장실에서 친구들한테 우리 부모님이 이혼했다고 말했잖아. 나 그때 화장실 칸 안에서 다 듣고 있었어. 난 그 말을 듣고 정신적으로 굉장히 힘들었어. 내가 너희들한테 우리 부모님 이혼한 거 말했을 때 분명히 다른 애들한테는 말하지 말아 달라고 부탁했었잖아.
근데 네가 어떻게 나한테 이래?"

　지한이의 말을 듣고 머리가 띵했다. 나는 재빨리 기억을 더듬어 보
았다.

5. 기억 회상

'아 배부르다. 빨리 양치하고 애들이랑 운동장이나 한 바퀴 돌아야지.'

화장실에서 양치하면서 애들이랑 떠들고 있었는데 어떻게 하다가 이야기 주제가 지한이로 넘어갔다.

"야, 이번에도 지한이만 아버지의 날 행사 참여 안 한대."

"걔는 맨날 아버지의 날 행사만 참여 안 하냐?"

"혹시, 걔 아빠가 없는 게 아닐까?"

"하서야, 너 뭐 아는 거 없어? 너 지한이랑 친하잖아."

"사실 지한이네 부모님 이혼하셔서 지한이는 지금 어머니랑 둘이 살아."

애들의 반응 다 똑같았다. 아~ 그럴 줄 알았어. 그니까 아버지의 날 행사에 참여를 못 하는구나. 나는 그때 별생각 없이 지한이의 비밀을 말해버렸다. 하지만 지한이가 이걸 듣고 있을 거라고는 상상도 못 했다. 양치를 다 끝내고 운동장을 돌려고 밖에 나가려는 순간 화장실 칸 안에서 흐느끼는 소리가 들렸다. 나는 그걸 들었지만, 그냥 무시한 채 밖에 나갔다.

6. 화해

그때의 기억이 다 떠올랐다. 나는 지한이의 부탁을 어기고 그 비밀을 친구들한테 말해버린 사실이 너무나도 부끄럽고 미안해서 차마 지한이의 얼굴을 보고 이야기를 할 수 없었다. 나는 지한이에게 진심 어린 사과를 했다. 지한이는 내 사과를 듣더니 더욱 눈물을 흘렸다. 지한이도 나에게 지금까지 한 일을 다 사과했다. 유하도 옆에서 같이 나에게 진심 어린 사과를 했다.

"미안해 하서야, 처음 지한이가 나에게 그날 일들을 말해주면서 울었을 때 나는 너무 화가 나서 지한이의 말만 귀 기울이고, 지한이가 하자는 데로만 했어. 하지만 시간이 지날수록 이러면 너도 힘들 텐데 하고 생각이 들었지만 이미 엎어진 물처럼 다시 예전에 우리로 돌아갈 수 없다고 생각해서 너에게 사과를 하지 못했어. 정말 미안해."

유하는 내게 사과를 하면서 눈물을 터뜨렸다. 나도 유하의 사과를 듣고 나니 눈물이 흘러나왔다. 우리 셋은 서로를 껴안으면서 눈물을 흘렸다. 그리고 앞으로는 오해가 생기거나 속상한 일이 있을 때는 꼭 먼저 말로 풀어보자고 약속했다.

7개월 동안의 악몽

· 이아현 ·

1. 따스한 햇살이 내리쬐는 평범한 하루의 시작

여느 때와 같이 나는 학교에 갈 준비를 끝낸 후 등교를 하였다. 나의 교실인 3학년 7반으로 갔다. 교실에 들어서니 다들 아침부터 신이 난 얼굴들이었다. 그날은 국어 수행평가가 있는 날이었다. 나는 학급 밴드에 수행평가에 대한 안내를 무려 3일 전부터 공지하였다. 혹시 수행평가를 할 줄 모르는 친구가 있을 것 같아 이메일 주소를 나에게 보내주면 도와주겠다고까지 했다.

수행평가 당일 교실에 들어와 수행평가를 해온 사람을 확인해보니 절반 넘게 하지 않았다. 결국, 나의 소중한 아침 시간을 내어 친구들의 수행평가를 도와주던 그때, 지아와 소미가 나에게 와서 말을 건넸다.

"이거 어떻게 하는 거야?"

"이거 내가 반 카카오톡에 보낸 것처럼 하면 돼."

"아니. 그니까 어떻게 하는 거냐고?"

"그니까 저 파일을 이메일로 보내면 돼."

"처음부터 그렇게 말해주면 되지 왜 그렇게 짜증을 내면서 말해?"

"나는 짜증을 내는 게 아니라…."

"아 됐어."

아마 나의 불행을 이때부터였을 것이다. 외로움과 슬픔, 괴로움의 시작.

2. 악몽 같은 불행의 시작

정말 다시는 느끼고 싶지 않은 악몽 같은 날들의 반복이었다. 난생 처음 느껴보는 아픔과 힘듦이었으니까. 정말 다시는…. 다시는 느끼기 싫은 안 당해 본 사람은 모르는 그 고통!

소미와 지아가 느끼기에는 내가 화를 내는 것 같았는지 자신의 친구들한테 나에 대한 안 좋은 소문을 내고 다닌 것이었다. 그것뿐만이 아니었다. 나에 대한 뒷담을 하고 다닌 것이었다. 그 누가 자신에 대한 안 좋은 소문과 뒷담이 오가는데 어떻게 좋아할 수 있는가?

나에 대한 뒷담의 수위는 점점 올라갔다. 내가 하지 않은 일들과 심지어는 나와 같이 다니는 친구들, 나와 가장 오래된 친구에 대한 뒷담도 하는 것이었다. 그 뒷담은 돌고 돌아 더 확대되어 나에게 화살처럼 들려오기 시작했다. 내가 복도를 지나가거나 어디를 가든지 옆에서 수군수군하기 바빴다.

예를 들면 '아, 누가 지나다니니까 냄새나', '아 진짜 시끄러워', '저러니까 욕을 먹지' 등의 말을 시도 때도 없이 들었다. 이 괴로운 시간을 나는 잘못이 없다며 나를 위로하는 수밖에 없었다. 진짜 아무렇지 않은 척하며 혼자 슬퍼하며 그렇게 나는 석 달을 버텼다.

나는 점점 주변의 시선에 치이며 주눅 들어가기 시작했다. 자신감이 바닥을 칠 정도로 떨어졌다. 주변에서 나의 이름이 나오면 주눅부터 들고 기분부터 나빠질 만큼 예민해졌었으니 말이다.

그러던 중 나를 뒷담을 하던 무리가 싸워서 깨졌다는 얘기 들어왔다. 한편으로는 안심되기도 했고 한편으로는 걱정되기도 했다. 하지만 그 무리가 깨지고 나서부터 나에 대한 뒷담은 조금씩 줄어들기 시작했다. 그렇게 조금씩 상처가 아물려고 할 때쯤 나와 같은 반인 소미와 지아가 나에게 다가와 말을 건넸다.

"우리랑 얘기 좀 할래?"

솔직히 그 애들이 말을 걸었을 때 숨이 막힐 정도로 심장이 빨리 뛰었다. 하지만 나는 여기서 물러서기 싫었다. 여기서 물러서면 지는 것 같았다. 그래서 힘겹게 대답하였다.

"그래. 말 좀 하자."

나는 수행평가에 관한 얘기부터 말을 꺼냈다.

"너희 국어 수행평가 때 나한테 왜 그랬어?"

"그건 네가 먼저 화낸 거잖아."

나는 여기서 잠깐 할 말을 잃었다. 하지만 그동안 내가 당해온 일들을 이참에 바로 잡자는 생각이 들어서 주눅 들지 않고 말을 이었다.

"그건 내가 화낸 거 아니고 마음이 급해서 서둘러서 말을 한 거지. 그리고 솔직히 그 상황에서는 내가 화낼 수도 있는 일 아니야?"

"그건 아니지. 네가 뭔데 화를 내?"

"내가 3일 전부터 수행평가 하라고 계속 안내했던 거잖아."

나는 소미와 지아의 적반하장에 충격을 받았다. 우리는 그렇게 약 10분간 말싸움을 했다. 쉬는 시간의 종소리가 들리자 우리는 멈출 수

밖에 없었다. 수업하는 동안 집중이 되지 않았다. 그렇게 끝나지 않았으면 좋겠다고 느껴진 수업이 끝난 후 아직 말이 안 끝났다며 다시 말을 하자고 지아와 소미가 다시 다가왔다.

또다시 10분간의 말싸움이 일어났다. 그 전 쉬는 시간과 달라진 것은 없었다. 다음 시간을 알리는 수업 시간 종소리가 들리자 나는 다시 교실로 들어갔다. 교실에 들어가는 내게 소미가 나에게 다가와 할 말이 있다고 나의 팔을 붙잡았다. 나는 심장이 터질 것 같았다. 나는 그 팔을 뿌리치며 다음 쉬는 시간 때 보자고 하였다.

짧게 느껴진 수업이 끝나고 쉬는 시간 종이 쳤다. 그 종이 치자마자 소미는 나에게 와서 같이 내려가자고 하였다. 나는 더는 무서울 필요가 없다고 생각하며 소미와 함께 1층으로 내려갔다.

3. 드디어 받은 사과

1층 의자에 앉아 소미와 말을 이어갔다. 소미가 먼저 말을 꺼냈다.

"저~ 있잖아. 그 일은 정말 미안해. 그동안, 네 뒷담을 하고 다닌 것도 미안해."

나는 소미의 말을 듣자마자 눈물이 폭포처럼 쏟아졌다. 그동안 억울하고 힘들었던 감정이 터졌는지 눈물이 나오기 시작했다. 그러자 소미는 다시 한 번 나에게 사과했다.

"내가 정말… 정말 미안해. 다시는 그러지 않을게…"

소미는 정말 오랫동안 나에게 사과를 하였다. 평소에 친했던 친구에게 당한 뒷담…. 그래서 더 컸던 상처 결코 잊을 수 없었다. 하지만 그동안 그 친구를 알아온 시간과 믿음이 아직 남아있었는지 다시 기회를 주고 싶었다. 정말 어렵게 용기를 내서 그 친구를 한번 용서해보겠다고 다짐했다.

"딩동댕 동 댕 딩동댕"

수업 종이 유난히 경쾌하게 들렸다. 사과를 받은 뒤 다음 수업에 들어가자 친구들이 나에게 뛰어왔다. 친구들이 나에게 다가와 하나둘씩 물어보기 시작했다.

"어땠어? 사과는 했어? 내가 혼내줄까?"

등의 여러 가지 말이 오갔다. 나는 침착하게 친구들에게 소미와 어떻게 사과를 주고받았는지 차근차근 말해주었다. 친구들은 사과해서 다행이라며 끝까지 나를 안심시키려 하였다.

끝까지 나에게 사과를 하지 않은 지아는 어떤 생각을 하는 것인지 정말 알 수 없었다. 나와 끝까지 화해하고 싶지 않은 것인지 왜 내가 그렇게 싫은 것인지 정말 궁금했다. 그 사실을 알게 된 친구들은 적반하장으로 끝까지 잘못이 없다고 주장하는 지아에게 등을 돌리기 시작했다.

1주일이 지나고 지아도 애들이 자신에게 점점 등을 돌리는 것을 눈치챘는지 어느 날 나에게 다가와 얘기 좀 하자고 했다. 나는 아이들이 이렇게 나와야만 나한테 사과를 하는 것인지 정말 어이가 없었다. 하지만 그래도 지아에게 조금의 희망이 있었는지 진심으로 반성하고 사과를 하려는 줄 알고 미소처럼 용서해주자고 마음먹었다. 하지만 이것은 나의 착각이었다.

지아가 나한테 얘기를 하자고 했을 때 나는 알겠다고 하고 종례 후 피아노 교실로 들어갔다.

'아, 지아도 반성했을까? 그래도 사과는 받을 수 있겠구나'라고 생각했다. 하지만 지아 입에서 나온 말은 정말 당황스러웠다.

"내가 진짜 미안!"

이 말을 듣자마자 나는 뭘 들은 건지 나의 귀를 의심하였다. 자신이 한 일을 돌아보며 반성을 했다거나, 좀 더 세세하게 사과를 해주기 바랐는데…. 내가 이 말을 듣기 위해 그렇게 힘든 결정을 했는지 후회가 몰려왔다. 나는 물었다.

"그게 끝이야?"

그러자 지아의 대답은 이번에도 당황을 넘어서 충격을 주었다.

"뭐가 더 필요해?"

"그게 사과하는 사람의 태도야?"

"아니 미안하다고 했으면 끝이지. 뭐가 더 필요한데?"

나는 마음속으로 '이게 사과인가?' 하는 생각을 했다. 일단은 알았다고 한 뒤 학원으로 향했다. 학원에서의 수업도 머리에 들어오지 않았다. 야구 방망이로 뒤통수를 맞은 느낌이었다.

그렇게 정말 바쁘게 하루가 지나갔다. 나는 집에 도착한 후 다시 생각에 빠졌다. 내가 과연 진짜 이 영혼 없는 사과 한마디를 듣기 위해서 힘든 결정을 하고 시간을 썼는지, 한편으로는 한심했다. 아무리 생각해도 지아가 내게 한 것은 사과가 아닌 것 같았다.

내가 고작 그런 사과의 말을 듣기 위해 어렵게 마음을 다잡고 시간을 써가며 지아와 얘기를 했던가 문득 후회되었다. 이제는 모든 게 끝났으면 하는 마음이 들었다. 잠자리에 들기 전 내일은 또 어떤 일이 일어날지 한숨이 나왔다. 그렇게 오만가지 생각을 하며 방에서 혼자 울다 잠자리에 들었다.

4. 과연 이게 맞는 걸까?

"따르릉~~~ 따르릉~~~"

알람 소리에 잠이 깼다. 또 같은 교복을 입고 등교했다. 제발 오늘은 평범한 날이기를 바랄 뿐이다. 하지만 나의 바람과는 달리 또 지아가 나에 대해 안 좋은 얘기를 하고 다닌다는 소리를 들었다. 이제는 놀랍지도 않았다. 다만 상처가 난 곳에 더 큰 상처가 난 것처럼 아프기만 했다.

친구들에게 지아가 나에 대해 또 무슨 얘기를 하고 다녔는지, 누구에게 그런 소리를 하는지 물어봤다.

"걔가 또 뒷담을 했다고?"

"어. 걔가 나한테 와서 네가 자기 사과 안 받아 준다고 엄청 뭐라고 했어."

"와…. 이건 아니지."

나는 그 말을 끝으로 다시 지아를 찾아갔다.

"야! 네가 또 내 뒷말했니?"

"아니. 안 그랬는데?"

"안 그랬다고?"

지아는 또 사실을 부인했다. 정말 어이가 없었다. 이렇게 또 시작된다는 생각이 들었다. 나는 이번 이 일을 통해서 알게 되었다. 참아봤자 상처는 나만 받는 그거라는 걸 몸소 느꼈다. 그래서 나는 나를 위해서 더는 참지 않기로 했다. 이제 나의 반격이 시작되었다.

"야! 참는 데도 한계라는 게 있어. 책임을 못 질 거면 뒷말을 하질 말았어야지."

"뭐라고?"

"네가 뭔데 나에 대해 안 좋은 소문을 내고 다녀. 나도 한번 너에 대해 안 좋은 소문 내볼까? 네가 소문내는 게 더 타격이 클까? 내가 소문내는 게 타격이 클까?"

"무슨 말을 그렇게 해?"

"너는 뭐 듣기 좋은 말만 하고 다녔냐고."

지아와 나는 한참 동안 싸웠다. 우리는 연을 끊기로 하고 일이 종결되는 듯 보였다.

이렇게 일이 끝났더라면 지금 내가 이러지는 않았을 것이다. 항상 불행은 약간의 행복을 느낄 때 찾아온다. 또다시 시작된 나에 대한 뒷담….

무리가 깨지면서 두 개의 파로 나뉘어서 지저분한 뒷담이 시작되었다. 나의 뒷담을 처음으로 한 무리가 해체되면서 한 명은 우리 무리로 나머지 2명은 다른 무리로 갈라졌다.

그리고 우리의 전쟁은 또 시작되었다. 이번엔 무슨 안 좋은 얘기가 나왔느냐 하면 바로 '쟤 하마 같아. 왜 살아?' 와 같은 인신공격에 해당하는 말이었다. 하지만 이번에는 나에 대한 안 좋은 얘기만 있던 것은 아니었다. 나의 친구들을 돌아가며 하나씩 다 건드는 것이었다.

나로 인해서 그런 안 좋은 소리를 듣고 다녀야 하는 친구들에게 미안했다. 우리는 A무리가 안 좋은 소문을 내고 다니는 것에 대한 증거를 모았다. 그리고 더는 참지 못하겠다며 무리 전체끼리 만나서 얘기를 해보기로 했다.

우리는 학교 3층에 모였다. 무리 A에게 먼저 물었다.

"너희는 우리가 뭐 그렇게 싫어?"

"그냥 너희 행동이 다 싫어."

"그래도 이유가 있어서 싫어하는 거 아니야?"

"……."

"말 좀 해봐. 뒤에서는 그렇게 말도 잘하면서 왜 앞에서는 말을 못 해? 앞에서 못할 얘기면 하질 말았어야지."

"아니, 그게 아니고…. 누가 말 못 한대?"

"그러니까 말해보라고. 왜 싫은데 왜 뒷말을 하는데…."

"아니 내가 먼저 한 게 아니고 지아가 먼저 너 싫다고 하길래 맞장구 치고 그러다 보니까…."

나는 정말 어이가 없었다.

"뭐 나중에 뒷말하는 건 잘못이 없다는 거야?"

"아니 그런 게 아니잖아."

"네가 그렇게 내가 싫었으면 너 혼자 싫어하지 왜 이렇게 행동하고 난리?"

난 그 아이와 얘기를 하면서 흘러나오는 눈물을 애써 참았다. 나의 마지막 말에 그 아이는 할 말이 없었는지 입을 다물다가 말했다.

"미안해. 하지만…."

"아니 우리 학교도 아닌 내 친구는 왜 까? 나 들으라고 한 말이야?"

"그건 진짜 아니야. 그냥 지아랑 소미가 있는 곳에서 말하는데 그게 너한테 들릴 줄 몰랐어."

"아 안 들리면 그렇게 해도 되는 거구나?"

"아니 그게 아니라."

"근데 지아가 나에 대해 뭐라고 말해?"

"그냥 너에 대한 인신공격 그리고…. 그냥 네가 남자가 많다고 여우라고…"

"뭐? 걔가 진짜 그래? 너 이거 증거 있어? 나 지아 불러와서 확인한다?"

"나는 떳떳해. 진짜 걔 불러와서 확인해봐."

나는 지아를 찾으러 그 자리를 떠났다. 복도 끝에 지아가 보였다. 나는 이때까지 만해도 '에이, 설마 진짜겠어?'라며 지아를 믿었다. 지금 생각해보면 내가 정말 어리석었던 것 같다.

"우리가 얘기하다 보니까 나온 얘기인데 너 진짜 사실대로 말해야 해."

"어. 알았어."

"너 내가 남자 많다고 여우라고 그러고 다녔어?"

"아니야. 나 진짜 그런 적은 없어."

"나 솔직히 너 못 믿겠거든? 너 진짜 결백해?"

"나 이번만큼은 진짜 결백해. 나 한 번만 믿어줘."

"하…. 알았어. 야, 너 김시우. 너는 네가 말한 데로 지아가 나 인신공격한 거 증거 카톡으로 보내."

"알았어…."

그렇게 나는 시우에게서 증거가 오기를 기다렸다. 근데 한참이 지나도 시우한테서 카톡이 오지 않았다. 그래서 내가 먼저 연락했다.

[카톡 내용]

'증거 보내주기로 했는데 아직도 연락이 없네.'

13분 뒤 카톡이 왔다.

'증거는 있는 데 내가 보냈다고는 말하지 말아줘.'

'알겠어…. 일단 보내줘.'

시우한테서 온 카톡을 보는데 정말 이대로 살아야 할까 하는 생각이 들었다.

그 캡처된 화면에서 지아가 시우에게 보낸 것은 내가 급식실 안내를 할 때 '돼지 멱따는 소리가 난다'는 등의 인신공격성 내용이었다. 정말 더는 싸울 힘도 따질 힘도 없었다.

나는 믿는 도끼에 발등 찍힌 느낌이었다.

"그런 적 없다더니…. 결백하다더니…."

나의 오른쪽 볼에 눈물이 흘러내려 왔다. 나는 다음날 학교에 가자마자 지아에게 다가갔다.

"지아야 나랑 잠깐 얘기 좀 할까?"

"응? 뭔데?"

"점심 먹고 독서실 뒷방으로 와."

"알았어."

나는 내 친구들한테로 가서 톡으로 보내온 내용을 보여주며 이게 사실이라고 다 말했다. 그러자 친구들은 나보다 더 화난 듯 떠들어대기 시작했다. 그렇게 점심시간이 지나갔다.

나는 먼저 독서실 뒷방으로 갔다. 아무리 기다려도 지아는 나타나지 않았다. 나는 지아를 찾아 나섰다.

"지아야. 너 나랑 말하기로 한 거 잊었어?"

"아니. 지금 가려고."

지아의 친구들도 다 따라 나왔다. 내 친구들과 지아의 친구들까지 도서실 뒷방에 모이자 정말 인원수가 많았다. 지아는 자기 친구들보고 나가 있으라고 하였다. 하지만 나는 지아 친구들에게 너희도 객관적으로 듣고 판단하라며 방에 남으라고 했다. 나는 증거를 내밀며 말했다.

"네가 결백하다며? 네가 아니라며?"

"아니 그게 아니고. 내가 그 당시에는 조금 당황해서 그 일이 생각이 안 났어."

"생각나지 않았다고 하면 다야?"

"그게 아니고… 그래… 미안해…"

나와만 있었다면 또 적반하장으로 나왔을 지아가 애들이 많으니 바로 사과하는 게 정말 어이가 없었다.

"우리 친구였잖아. 아니 너 나한테 왜 그래? 내가 너한테 도대체 뭘 그리 잘못했다고…."

"네가 잘못하는 게 아니라…. 미안해…."

"너 또 누구랑 같이 내 뒷말했어?"

"어?"

"누구랑 내 뒷말했냐고!"

"주현이도 너 친구가 좋아하는 애한테 뒷말한다고 그랬고…. 혜라 도…."

"뭐? 혜라?"

나는 그 말을 듣자 다리에 힘이 풀리는 것 같았다. 왜냐하면, 혜라 는 지금까지 내가 당한 일과 힘들어하는 모습을 옆에서 다 봤고 옆에 서 다독여주고 괜찮다며 안심시켜주던 친구였기 때문이다.

"혜라야 잠깐 너 이리로 와봐…. 너 이 말이 사실이야?"

"어? 어…."

"너, 네가 어떻게 나한테 이래? 너 내가 얼마나 믿었는데 너, 네가 어떻게…."

"내가 진짜 미안해…."

"아니 나 이제는 사과? 그런 거 못 믿겠고, 너희 다 꼴 보기 싫어."

나는 자리를 박차고 나왔다. 다음 수업이 있는 미술실로 들어갔다. 저 멀리서 소미와 지현이가 보였다. 나는 그 애들의 얼굴을 보자 정말 눈물이 흘러나오며 안겨서 울었다. 그러자 소미와 지현이는 당황했는지 나를 끌어안고 무슨 일인지 물었다. 나는 도서관 뒷방에서 있었던 일을 다 말해줬다. 친구들도 충격에 빠졌다. 미술실에 있던 애들이 다 놀라서 나를 쳐다보고 선생님도 놀라서 뛰어오셨다.

나는 화장실에 간다고 말하고 미술실을 나왔다. 뒤에서 소미가 따라 나왔다. 나는 한참 동안 화장실에서 울었다. 어느 정도 진정이 된 후 교실에 들어가니 아이들의 시선이 나에게 집중되었다. 억지로 감정을 가라앉히며 내 자리에 가서 앉았다.

그런데 지아와 혜라의 얼굴을 보자 다시 배신감과 억울함이 몰려와 눈물이 나왔다. 나는 아랫입술을 깨물며 눈물을 참았다. 어, 그런데 내 옆에 앉아있던 혜라가 울고 있었다. 나는 쟤는 뭔데 우는 거냐며 이해를 하지 못했다. 수업도 중 선생님도 수시로 오셔서 나의 상태를 확인하셨다.

수업이 끝나고 그 애들의 얼굴이 너무 보기 싫어서 나는 책과 가방을 챙기고 미술실을 나왔다. 우리 교실에 가기 위해서 계단을 오르고 있는데 갑자기 혜라가 뛰어오다니 나를 붙잡고 말했다.

"내가 정말 미안해…. 내가 왜 그랬는지 모르겠어. 하지 말라고 말은 못 할망정 내가 거기서 그렇게 행동한 거 미안해."

나는 사과하는 혜라의 얼굴을 물끄러미 바라보았다. 혜라의 진심을 알고 싶었기 때문이다. 혜라는 진심으로 나에게 미안한지 눈물을 흘리며 나에게 거듭거듭 사과했다. 나는 같이 계단에 부여잡고 울기 시작했다. 나는 혜라에게 말했다.

"일단 알겠어. 그런데 나 지금은 너 보기 싫어…"

나는 3층으로 올라갔다. 저 끝에서 우리 반 아이들이 내 쪽으로 몰려왔다. 아이들은 걱정하는 눈으로 나에게 다가와 나를 꼭 안아주었다. 나는 너무 억울해서 이 사건에 대해 내가 꼬리를 쳤다는 남자애를 찾아가 단도직입적으로 물었다.

"야… 내가 너한테 꼬리를 쳤어? 내가 너한테 꼬리를 쳤냐고…"

"아니? 갑자기 무슨 말이야."

"아니 나는 너한테 꼬리를 친 적이 없는데 애들이…. (흑흑)"

남자애는 나를 보며 당황했다. 나는 너무 울었는지 힘도 없어서 축 처진 채로 자리에 앉았다. 그러자 내 짝꿍이 말을 걸었다.

"무슨 일이야? 무슨 일인지 말해봐 봐."

"아니."

나는 공책에 있었던 일을 써서 보여주었다. 그러자 내 짝꿍이 위로해주며 그 애는 원래 그런다며 신경을 쓰지 말라고 하였다. 나는 그때 당시 위로가 귀에 들어오지 않았다. 주말이 지나자 나는 오늘은 또 어떤 소문이 돌지 하루하루가 무서웠다. 하지만 옆에서 항상 걱정해주고 위로해주는 친구들이 있어서 조금씩 정상적인 생활을 할 수 있게 되었다.

5. 이게 다 내 잘못이라고? 피해자는 나야!

나는 이 일을 선생님은 물론이고 부모님께도 말씀드리지 않았다. 하지만 어찌 된 것인지 선생님께서 나를 보자고 하셨다. 나는 영문을 몰랐다. 분명히 난 잘못한 것도 없고 평소와 똑같은 행동을 했는데 왜 부르시는 건지 몰랐다.

그때 소미가 다가왔다. 나에게 밖으로 나가자고 하였다. 나는 영문도 모른 채 소미를 따라나섰다. 소미가 나에게 왜 선생님께서 부르시는지에 대해 말해줬다.

"사실 내가 선생님께 다 말해버렸거든."

"어? 어떤 걸?"

"아니. 나랑 너랑 지아랑 그동안 무슨 일이 있었는지 다 말했거든. 그리고 네가 나보고 그동안 지아가 뭐라고 했는지 말하라고 강압적으로 했다고 말했어."

나는 정말 어이가 없었다. 나는 그런 적이 없었다.

"내가 그랬다고? 내가 너한테 강압적으로 말하라고 했어?"

"아니~ 그게 당황해서."

"아 일단 알았어."

나는 수업이 다 끝내고 교무실로 갔다. 선생님께 가서 인사를 드렸다. 선생님은 상담실로 나를 데려가셨다. 선생님께서 먼저 말씀하셨다.

"그동안 무슨 일이 있었는지 지아하고 소미한테 들었어."

"아. 네."

"선생님이 너에게 직접 그동안 있었던 일을 들어보는 게 맞을 것 같아서 불렀어. 그동안 무슨 일이 있었던 거야?"

"저 그게."

나는 그동안 있었던 일을 모두 말했다. 그러자 선생님께서 말씀하셨다.

"그래도 너희는 다수고 지아는 혼자잖아. 아무리 혼자인 애가 잘못해도 다순데 혼자가 되면 무조건 다수가 잘못한 거야."

"네? 다수가 잘못한 거라고요?"

"어쨌든 너희가 지아를 멀리한 건 사실이잖아? 지아가 왕따로 걸고 넘어지면 너희가 징계를 받을 거야."

나는 이 말에 너무 어이가 없었다. 내가 그동안 당해온 힘든 일과 어이없는 일을 다 말했는데 위로는 해주지 않으시고 내가 잘못했다고 하시는 것이 정말 황당했다.

"선생님 아무리 다수 대 혼자여도 잘못은 혼자인 애가 한 거잖아요."

"그렇지. 선생님은 네가 리더십도 좋고, 정말 이해심도 깊은 아이라는 걸 알거든. 그런데 너에게 힘든 일이 있어도 다른 사람들한테 이렇게 다 말하지는 마. 너 믿는 종교 있지? 그 종교한테 말해. 내가 너무 힘든데 어떻게 하면 좋겠는지 신에게 물어봐."

나는 정말 억울했다. 힘든 일도 말하지 말라고 하고, 네가 다 이해해라는 말만 몇 번을 듣는지 모르겠다. 나도 사람인지라 힘든 것도 있고 위로받고 싶은 것도 있는데 왜 항상 내가 참아야 할까? 내가 피해자이고 그 애가 가해자인데 왜 선생님은 가해자 편을 드는 것인지 정말 이해가 되지 않았다.

위로는 하나도 안 되고 더 화만 나던 상담 시간이 끝나고 애들이 다가와 물었다.

"무슨 얘기 했어?"

"아니 나보고 다 참고 이해하래."

"아니, 무슨 이해? 얼마나 더 이해해야 하는데?"

나는 너무 어이가 없어서 멍을 때렸다. 하지만 뭐 그렇게 더이상 소문과 관련된 일은 퍼지지 않았다.

6. 더 이상 악몽은 없어

나는 7개월 동안 괴롭힘을 당한 소문 때문인지 우울증에 시달렸다. 하지만 친구들의 도움과 위로로 나는 금방 우울증에서 탈출할 수 있었다. 정말 더 이런 일이 일어나지 않으면 좋겠다는 생각뿐이었다. 그렇게 작은 트러블로 생긴 친구들과의 긴 악몽의 시간이 끝이 났다.

정말 여러모로 힘들었지만 내가 얻은 것이 있었다. 사람을 쉽게 믿지 말고 정을 주면 안 된다는 것과 여러 명의 친구보다는 정말 힘이 되어주고 믿을 수 있는 소수의 친구가 더 좋다는 것이다. 이 글을 읽는 독자들은 주변 사람들에게 잘하고 행복한 날들만 있기를 바란다.

Protect your precious people.

책쓰기에 풍덩 빠지다

마음의 고통

· 이윤진 ·

1. 유지의 첫 상처

조용하고 어두운 밤 안방에서 나는 시끄러운 말소리에 잠에서 깨어났다. 나는 시끄러운 말소리가 들리는 안방 쪽으로 몸을 돌렸다. 뒤돌아서 본 모습은 너무나도 충격적이었다. 그 모습은 바로 부모님들이 싸우고 있는 모습이었다. 나는 충격이 큰 탓에 다시 이불을 덮고 귀를 막은 채 울었다. 그렇게 한참을 울고 난 뒤 지쳐서 잠이 들었다.

다음날 나는 일어나 집안을 둘러보았는데 엄마가 없었다. 불안한 마음에 엄마를 불러보았지만, 대답이 없었다. 황급히 아빠를 깨워 물어보았다.

"아빠, 엄마 어디 있어요?"

"뭐라고?"

아빠는 잠에 취해 비몽사몽 물었다. 나는 다급한 목소리로 아빠의 어깨를 흔들며 다시 물었다.

"엄마 어디에 있어요?"

"…너네 엄마가 너희를 버리고 나갔어."

"……."

　나는 그 말에 큰 충격을 받았다. 나는 애써 그 말이 사실이 아니라고 거짓말일 거라고 생각을 했지만 그게 사실일 수도 있다는 생각이 들어 너무나도 마음이 아팠다. 나는 엄마 아빠의 싸움과 엄마의 가출로 8살이라는 어린 나이에 평생 지워질 수 없는 마음속의 첫 상처를 받았다.

2. 행복이 사라지다

그날 엄마가 떠나버린 후 아빠는 엄마의 빈자리를 채워주기 위해 여름에 물놀이를 가서 놀거나, 바닷가에 가서 낚시하기도 하고, 겨울에는 빙하 체험도 시켜주고, 스케이트장에 가서 재밌는 날들을 보내게 해주셨다. 그런 아빠를 보면서 나는 너무나도 감사했다. 하지만 그 행복은 그리 오래 가지 못했다.

어느 날 저녁 오빠는 컴퓨터게임을 하고 있었고, 나는 방에서 핸드폰을 보고 있었다. 현관문에서 문이 열리는 소리가 들렸다. 그 소리는 아빠가 일을 마치고 돌아오는 소리였다. 나는 현관문 쪽으로 가서 아빠한테 "잘 다녀오셨어요?"라고 인사를 하였다. 아빠는 힘없는 목소리로 "그래"라고 말하고 안방으로 들어갔다.

나는 혹시나 아빠가 힘든 일이 있는 것 같아 안방으로 가서 아빠에게 무슨 일이 있는지 물어보러 가는데 안방에서 아빠가 누군가와 통화를 하는 소리가 들려 무슨 내용인지 듣기 위해서 안방 문을 조심히 열어서 들었다.

"사장님 정말 우리 회사가 부도가 난 겁니까?"

"자네…. 미안하네…."

"아닙니다. 혹시 도움이 될 게 있으면 제가 도와드리겠습니다."

"자네 그래서 그런데 혹시 1억만 빌려줄 수 있는가?"

"…1억이요?"

나는 아빠의 통화내용을 듣고 문을 열고 아빠한테 갔다.

"아빠! 이게 다 사실이에요?"

"…아니 그게"

그때 내가 큰소리를 내서 깜짝 놀란 오빠는 잠시 게임을 멈추고 내가 있는 쪽으로 와서 물었다.

"무슨 일 있어? 왜 갑자기 아빠한테 큰소리를 쳐?"

"……."

나와 아빠는 어떤 말도 할 수 없었다. 몇 분 뒤 내가 입을 열었다.

"아니야. 오빠 아무 일도 없어. 내가 그냥 아빠한테 좀 화난 게 있어서 그랬던 거야…."

"너 아무리 아빠한테 화가 나도 소리 지르면 안 되지!"

"미안해."

오빠는 방에 다시 들어갔고 나는 아빠와 다시 얘기하였다.

"아빠 1억이라니 무슨 말이에요?"

"그게 회사 상황이 좋지가 않아서 아빠가 사장님께 도움을 드린다고 했는데…. 사장님이 1억을 빌려줄 수 있으시냐고 하셔서…."

"아빠 아무리 회사가 상황이 안 좋다고 해서 1억을 빌려달라는 거는 아니잖아요."

"그래 그렇지. 하지만 회사를 위해서라도…."

"…아빠 우리를 위해서라도 돈은 절대 빌려주지 마세요."

아빠와 대화가 끝나고 나는 내 방으로 갔다. 나는 아빠와 얘기를 하면서 내가 듣고 있는 게 진짜인가 의심했었다. 어제만 해도 아무 일도 없었는데 이렇게 나의 행복이 점점 사라지는 것은 한순간이라는 걸 깨닫게 되었다.

나는 방에 들어가서 바로 침대에 누워 오늘 있었던 일을 생각하다가 잠이 들었다.

다음 날 아침은 일찍 일어나서 스트레칭 좀 하고 거실로 갔는데 항상 거실에서 계시던 아빠가 안 계셔서 혹시나 하는 마음에 아빠한테 전화했다. 아빠가 전화를 계속 받지 않으셔서 아빠한테 전화가 오기를 기다리는데, 너무 불안해서 밥도 안 먹고 계속 손톱만 깨물고 있었다. 한 30분쯤 지났을 때 현관문이 열리면서 아빠가 들어오셨다.

나는 아빠를 보자마자 "아침에 어디를 갔다 오신 거예요?" 라고 물었다.

아빠는 아무 말씀도 하지 않으셨다. 아빠는 그렇게 계속 아무 말도 하지 않으시고 누워만 계셨다.

"아빠, 무슨 일 있는 거 맞죠?"

아빠는 한동안 말이 없다가 오빠와 나를 불렀다. 그때 오빠는 자고 있어서 오빠 방에 가서 오빠를 깨워서 아빠에게로 갔다.

"…애들아 내가 정말 미안해…."

"아빠 왜 미안해하세요?"

"…어제 사장님께 1억을 빌려줬는데 사장님이 그 돈을 회사에다 안 쓰고 도박하는 데 써서 그 1억을 다 날려 버렸단다. 아빠가 1억을 달라고 했는데 사장이 지금 돈이 없다고 6년 후 줄 수 있다고 한다. 흑흑"

"아빠! 제가 분명 빌려주지 말라고 했잖아요! 근데 왜 빌려주신 거예요. 저희는 어떡하라고…."

나는 아빠에게 소리를 질렀다.

"아빠 이게 다 사실이에요?"

오빠도 강하게 되물었다.

"그래."

아빠는 힘없이 대답했다.

"아빠! 도대체 그 큰돈을 왜 빌려주신 거예요! 이제 어떻게 하시려고!"

오빠의 물음에 아빠는

"흑흑흑… 애들아 아빠가 정말 미안하다. 정말 미안해…"

그저 울 뿐이었다.

나와 오빠는 이 상황이 꿈이기를 바랐지만, 아빠가 우는 모습을 보면서 사실이라는 것을 깨달았다. 그렇게 이 상황이 지나고 우리 가족은 며칠 동안 아무 말도 하지 않았다. 이 사건 이후로 우리 가족의 행복은 점점 사라져 갔다.

3. 커지는 마음의 상처

그 일이 있고 2년이 지났다. 나는 초등학교 3학년이 되었다. 학교에서 선생님이 내일은 공개수업이 있으니 부모님들께 학교에 오실 수 있는지 물어보라고 하셨다. 학교가 끝나고 집에 가서 씻고 밥을 먹고 아빠를 기다렸다. 아빠는 저녁 10시가 다 되어서야 들어오셨다. 나는 아빠한테 가서 말했다.

"아빠 내일 학교에서 공개수업하는데 올 수 있으세요?"

"미안하지만 일이 바빠서 올 수가 없을 것 같아…"

"아… 네."

나는 아빠가 공개수업에 왔으면 좋겠지만 2년 전에 있었던 일 때문에 아빠는 일하기에만 바빴다. 나는 시무룩한 채로 방에 가서 잠을 잤다. 다음 날 아빠는 아침 일찍 일하러 가셨고, 오빠는 학교에서 해야 할 일이 있다고 먼저 나갔다. 가족들이 다 나가고 나서 나도 학교에 갔다.

교실로 가서 자리에 앉아 선생님이 오실 때까지 친구들이랑 얘기했다. 선생님이 들어오셨다. 선생님께서 오늘 공개수업 때 부모님이 학교에 오시는 사람들은 손을 들라고 하셨다. 부모님이 오시는 애들은 다 손을 들었다. 하지만 나는 손을 들지 않았다. 선생님께서는 손을 들지 않은 나에게 조례 끝나고 교무실로 오라고 하셨다.

조례가 끝나고 선생님을 따라 교무실로 갔다. 선생님은 나에게 부모님이 공개수업 때 학교에 왜 못 오시는지 물어보셨다. 나는 아빠가 일 때문에 많이 바쁘셔서 오시지 못한다고 말했다.

선생님께서 "혹시 아버지가 많이 힘들어하시면 유지가 아버지에게 힘내시라고 말해주면 좋을 것 같아"라고 말씀하셨다. 나는 알겠다고 말하고 교실로 들어갔다. 6교시에 공개수업을 하였다. 수업하면서 친구들은 자기 부모님에게 웃으면서 손을 흔들었다. 나는 그 모습을 보면서 부러워했다.

내 발표 차례가 되어 일어섰는데 혹시나 아빠가 계실 수도 있을 것 같아 뒤를 돌아보았지만, 아빠가 계시지 않아 슬펐다. 나는 슬픈 마음을 숨기고 발표를 했다. 발표가 끝난 후 수업을 듣는 데 도저히 집중되지 않았다.

수업이 끝나고 애들은 부모님들과 함께 집으로 갔다. 나는 친구들이 부모님들 손을 잡고 걸어가는 모습이 너무나도 부러웠다. 그 모습을 보면서 '나도 엄마랑 아빠랑 같이 손잡고 집으로 가고 싶다'는 생각이 들었다.

나는 우울한 채로 집으로 걸어가면서 만약 그 일만 없었더라면 이렇게 되지는 않았을 거라는 생각을 했다. 집에 가자마자 바로 방으로 들어갔다. 나는 그렇게 내내 방 안에만 있었다. 저녁 7시쯤 아빠가 오셨다. 아빠는 안방에서 옷을 갈아입으시고 내 방으로 오셨다. 문을 두드리며 "유지야 네가 좋아하는 피자 사 왔어"라고 하셨다.

"……"

나는 아무 말도 하지 않았다.

"유지야 아빠가 공개수업에 못 가서 화났어?"

"……"

"유지야 미안해…. 아빠가 일이 많아서 그랬어."

"…아니에요, 아빠 저야말로 죄송해요."

"아니야 유지야, 아빠가 미안해 너 말만 들었어도 이런 일 없었을 텐데."

"…괜찮아요. 아빠."

아빠의 사과를 받으니 마음이 누그러졌다.

"유지야 너 좋아하는 피자 사 왔으니까 먹자."

"네."

나는 아빠와 피자를 먹었다. 피자를 먹으면서 '아빠가 내 말만 들었어도 이런 일은 없었겠지'라는 생각에 잠겼다.

내 마음의 상처는 점점 커지고 있었다. 이 일이 있고 난 후 아빠는 나한테 더 신경을 써주셨다. 아빠가 나한테 신경을 써주시는 것은 좋지만 나는 그 일 때문에 애들한테 놀림을 받아서 기분이 좋지는 않았다. 나는 그때 이후로부터 학교에 가는 것이 두려웠다.

오늘도 학교에 가는 것이 여전히 두려웠지만 그런 마음을 애써 숨기고 학교에 갔다. 교실로 들어갔는데 그날도 평소 나를 놀리던 애들은 여전히 나를 놀렸다. 친구들은 '괜찮다고, 저 말 들을 필요 없다'고

했지만 나는 너무 화가 난 탓에 나를 놀리는 애들한테 화를 내고 말았다.

"야! 너희 왜 계속 그 일로 날 놀리는데?"

"우리가 언제 놀렸다고 그래?"

"뭐? 야! 너네 그 전에 내가 교실로 들어갈 때 부모님이 나 싫어한다고 놀렸잖아!"

"그거 맞는 말 아니냐? 너희 부모님이 너를 좋아하는 거면 공개수업에 와야 하는 거 아니냐? 그전에도 너희 부모님은 바쁘다고 안 오셨잖아."

"……."

"너도 인정하지?"

"아니 인정 못 해. 부모가 꼭 와야 하는 건 아니잖아. 안 그래?"

"뭘 인정 못 해? 맞는 말인데."

"야, 그러면 만약에 너희 부모님이 못 오셨는데 내가 그걸로 너처럼 똑같이 말하면 너는 인정한다고 할 거야?"

"……."

"거봐 너도 어차피 아니라고 할 거면서."

갑자기 나를 놀린 애가 내 멱살을 잡았다. 그때 선생님께서 오셔서 교무실로 오라고 하셨다. 우리는 교무실로 갔다.

"애들아 너희 왜 싸운 거야?"

"…그게 얘가 제 부모님이 공개수업에 오시지 않았다고 저를 놀려서요."

마음의 고통 · 이윤진

"수안아, 너 그러면 안 되지! 부모님이 안 오실 수도 있는데 그런 거로 놀리면 유지가 상처받을 수 있잖아."

"…죄송합니다."

"지금 당장 유지한테 사과하렴."

"네."

"유지야, 내가 놀려서 미안해 다시는 그런 짓 안 할게."

"사과해줘서 고마워."

"사과받아줘서 고마워."

수안이는 웬일로 선생님께 고분고분한 말투로 잘못을 인정하고 내게도 재빠르게 사과했다.

"너희 둘, 반성문 1장씩 쓰고, 앞으로는 싸우더라도 폭력은 쓰지 말렴."

"그리고 유지는 학교 끝나고 선생님 좀 보자."

"네."

나와 수안이는 선생님께 반성문을 종이를 받고 교실로 돌아갔다. 교실로 돌아가면서 수안이는 불만이 있는지 투덜거렸다. 교실에 들어가니 친구들이 나한테 달려와서 괜찮냐고 많이 혼나지 않았냐고 물어주었다. 나는 친구들한테 괜찮다고 걱정해줘서 고맙다고 말했다. 수업이 끝난 후 나는 선생님을 따라 상담실로 갔다.

"유지야 언제부터 수안이가 너를 놀렸니?"

"공개수업하고 난 뒤부터 계속 놀렸어요."

"유지야 수안이가 너한테 어떤 식으로 놀렸는지로 자세히 말해줄 수 있니?"

"수안이가 저한테 부모님이 저 안 좋아하는 거라면서 놀렸어요."

"그랬구나. 유지야, 선생님이 미안해."

"아니에요! 선생님 잘못이 아닌데 왜 사과를 하세요."

"고마워, 유지야 혹시 수안이가 너 말고 또 다른 애들한테 그러면은 선생님께 꼭 말해주렴. 그리고 유지야, 너 혼자 많이 힘들었지? 선생님이 정말 미안해."

"선생님 저는 괜찮으니까 사과 안 하셔도 돼요."

"알겠어. 유지야, 만약에 학교나 집에서 힘든 일이 있으면 언제든지 선생님한테 말하렴."

"네."

선생님께서는 내가 나올 때 과자를 주셨다. 나는 상담실에서 나와 집으로 갔다. 집으로 돌아가면서 선생님이 내 엄마였으면 좋겠다고 생각했다. 그 생각을 하자 갑자기 엄마한테 미안해졌다. 생각을 해보니 엄마는 우리를 버리고 떠나셨지만, 우리를 사랑하는 것 같다. 내가 2살 때 엄마는 오빠와 나에게 '엄마는 세상에서 제일 좋아하는 게 바로 너희야'라고 말씀하셨던 것이 기억났기 때문이다. 엄마가 우리를 버리고 떠나셨다고 했을 때 큰 상처를 받았지만, 그래도 나는 엄마가 좋은 것 같다. 하지만 나의 마음의 상처는 점점 커지고 있었다.

4. 소중한 시간

　많은 일이 있고 난 후 어느새 여름방학이 찾아왔다. 여름방학 첫날 저녁 아빠가 오빠와 나를 불렀다. 아빠는 우리에게 혹시 외할머니 집에 가보지 않겠냐고 물었다. 오빠와 나는 엄마가 우리를 버렸는데 어떻게 거기에 가느냐고 말했다. 아빠는 엄마가 보기 싫냐고 물어보셨다. 우리는 아니라고 많이 보고 싶다고 말했고 가겠다고 했다.

　나는 방에 들어가 침대에 누워 아빠가 갑자기 왜 외할머니집에 가자는 건지 생각하다가 잠이 들었다. 다음 날 아침 아빠는 우리에게 며칠 뒤 외할머니집에 갈 거니까 짐을 챙기라고 하셨다. 오빠와 나는 들뜬 채 짐을 챙겼다.

　그렇게 당일이 찾아왔고 짐을 아빠 차에 실어서 외할머니 집으로 갔다. 가면서 휴게소에 들러 맛있는 음식을 먹고, 간식거리도 샀다. 나는 외할머니 집에 가는 길에 멋진 풍경들도 보면서 간식을 먹었다. 엄마를 볼 생각에 너무나도 좋았다. 하지만 한편으로는 엄마가 우리를 반기지 않을 것 같다는 걱정이 들었다.

　우리가 자는 동안 차는 외할머니 집에 도착했다. 마당에 외할머니, 외할아버지, 엄마가 나와계셨다. 엄마가 보이자 차 문을 열고 엄마에게로 달려갔다. 엄마는 오빠와 나를 꼭 안아주면서 잘 왔다고 반겨주셨다. 외할머니와 외할아버지도 우리를 반기셨다. 인사를 나누고 난 뒤에 외할머니와 외할아버지는 먼저 집으로 들어가셨고, 아빠는 우리에게 인사를 하고 집으로 돌아갔다.

우리는 외할아버지 집으로 들어갔다. 집으로 들어가서 짐을 풀고 나서 점심을 먹었다. 점심을 먹으면서 엄마와 얘기도 나누었다. 나는 이 시간이 너무나도 행복했다. 점심을 다 먹고 후식으로 수박과 아이스크림을 먹으면서 엄마와 대화를 나누었다.

"엄마 우리가 와서 좋아요?"

"응, 너무 좋지."

"우리를 싫어하는 게 아니에요?"

"당연하지 내가 너희들을 얼마나 좋아하는데, 근데 그건 갑자기 왜 물어보는 거니?"

"그게… 아빠가요. 엄마가 우리를 버리고 떠났다고 하셔서…."

"…뭐라고?"

"그래서 엄마가 저희를 싫어하는 줄 알았어요."

"아니야 유지야. 엄마는 너희들을 엄청 좋아해."

"그럼 아빠가 왜 그런 말을 하신 거예요?"

"아마 엄마가 아빠랑 크게 싸워서 그런 걸 거야."

"엄마 그럼 우리 집에 안 오실 거예요?"

"유지야 엄마는 못 가…."

"왜요? 저희를 보고 싶다고 하셨잖아요! 그리고 아빠랑 다시 화해하면 되잖아요."

"미안해, 엄마는 아빠랑 같이 살고 싶지 않아."

"……."

엄마의 말을 듣고 다시는 그전처럼 행복하게 지낼 수 없다는 것을 깨달았다. 그래서 나는 시무룩한 채로 방으로 들어갔다. 방으로 들어가자 너무 슬퍼서 결국 울고 말았다. 혼자서 울고 있는데 엄마께서 내가 우는 소리를 듣고 방으로 들어오셨다. 엄마는 울고 있는 나를 안고 정말 미안하다고 하면서 같이 울었다. 한참을 울고 난 다음 엄마가 말을 꺼내셨다.

"유지야 엄마가 아빠랑 같이 살지 못하는 이유가 있어."

"그게 뭔데요?"

"엄마랑 아빠가 크게 싸웠잖아. 그때 그 일 때문에 이혼해서 엄마가 유지랑 오빠를 만나지 못했던 거야."

"그래서 지금에서야 저희를 만나게 된 거예요?"

"그래, 엄마는 너희가 너무 보고 싶었어."

"저도 엄마가 너무 보고 싶었어요."

"유지야 엄마가 너랑 오빠한테 해주지 못했던 것 이번 방학에 다 해줄 테니 어디 놀러 가고 싶은 곳 있으면 말하렴."

"네!"

엄마와 그런 대화를 나눈 뒤 씻고 잠이 들었다.

다음날, 나는 엄마한테 놀이동산에 가고 싶다고 말했다. 엄마는 알겠다고 하시며 오빠한테도 말하라고 하셨다. 나는 오빠한테 놀이동산에 간다고 말하자 오빠도 좋다고 했다. 엄마와 나는 놀이동산을 알아보고 예약을 했다. 엄마는 오빠한테 가서 이틀 뒤 놀이동산에 가자고 하셨다. 또, 내일 옷을 사러 가자고 하셨다. 엄마는 "놀이동산에 가면 사진도 많이 찍을 텐데 예쁜 옷 입고 찍어야지"라고 하셨다.

놀이동산에 가는 날이다. 어제 샀던 옷을 입고 엄마 차에 타서 놀이동산으로 갔다. 가는 길에 엄마, 오빠와 어떤 놀이기구를 탈 것인지 정하면서 갔다. 너무 즐거웠다. 드디어 놀이동산에 도착했다. 차에서 내려 놀이공원 입구 쪽으로 갔다. 입구 쪽으로 가서 입장표를 내고 놀이동산 안으로 들어갔다. 엄마기 먼저 사진부터 찍자고 하셔서 사진을 찍고 놀이기구를 타러 갔다.

바이킹을 시작으로 보트도 타고, 범퍼카도 타고 나서 밥을 먹고 난 뒤 조금 쉬었다가 회전 그네와 귀신의 집에도 가고 마지막으로 회전목마를 탔다. 회전목마를 타면서 엄마가 사진도 찍어주셨다. 사진을 다 찍고 저녁에 하는 퍼레이드를 다 보고 나서야 집으로 갔다.

열심히 놀아서인지 엄마 차에서 잠을 자면서 집으로 갔다. 집으로 와서 씻고 일기를 쓰고 잠을 잤다. 오늘은 너무 즐겁고 행복한 날이었다. 그렇게 하루하루 행복한 날을 보냈다. 방학이 끝나갈 때 아빠가 오셨다. 우리는 엄마와 외할머니, 외할아버지에게 인사를 하고 집으로 갔다. 집으로 가는 길에 엄마와 함께 보냈던 시간들이 나에게는 소중한 시간이었다. 또 한 번 이 시간이 다시 찾아왔으면 좋겠다.

마음의 고통 • 이윤진

5. 망가져 가는 우리 가족

여름방학이 끝나면 학교에 다니고, 겨울방학이 되면 다시 외할머니 집으로 가서 재밌게 놀며 지내다 3년 뒤 나는 6학년이 되었다. 6학년이 되면서 시험 준비도 해야 하고 졸업 준비도 해야 돼서 많이 바빠졌다. 나는 이때만 해도 아무 일도 없을 거로 생각했다. 그 일이 일어날 줄은 전혀 상상하지 못했다. 그 일이 일어나던 날 아빠와 오빠 사이는 괜찮았는데 어느 순간부터인지 틀어지기 시작했다. 그렇게 계속 사이 점점 나빠지더니 결국 오빠와 아빠는 싸우고 말았다. 나는 그때 방에 들어가 있었는데 갑자기 아빠가 큰소리로 말씀하셨다.

"야! 너 내가 몇 번을 말해야 알아들어!"

"그럼 아빠야말로 왜 제 말을 안 들으시는 건데요!"

"너 계속 그렇게 반항할래!"

"네! 반항할 거예요, 아빠가 제 말을 들어주실 때까지요!"

"아빠가 안 된다고 했잖아! 제발 그만 좀 하라고!"

"싫다고요! 제가 왜 그렇게 해야 하는데요?"

"야! 당연히 하지 말아야지."

"그럼 아빠도 마찬가지 아녜요?"

"뭐? 이 녀석이 진짜 미쳤나!"

"아니요, 저 안 미쳤는데요."

"뭐라고?"

"안 미쳤다고요! 저 멀쩡하다고요. 오히려 아빠가 미친 거죠."

"야! 너 아무리 그래도 그런 짓 하면 안 되잖아!"

"그럼 아빠야말로 왜 바보같이 그걸 수락하는 건데요!"

그렇게 말싸움이 점점 심해지자 결국 몸싸움을 하고 말았다. 오빠와 아빠는 서로 때리고, 물건을 집어 던지고, 문을 부수면서 싸움이 점점 심각해져 갔다. 나는 너무 무서워서 방에서 귀를 막고 울고 있었다. 울면서 이 시간이 빨리 지나갔으면 했지만, 오빠와 아빠는 싸움을 멈추지 않았다. 나는 휴대폰을 들고 엄마한테 전화했다.

"흑흑, 엄마."

"유지야, 왜 울어?"

"오빠랑 아빠가 심하게 싸워요."

"뭐? 유지야 일단 할아버지나 할머니한테 빨리 집으로 와달라고 전화해."

"네. 흑흑!"

나는 엄마와 통화를 마치고 빨리 할머니에게 전화를 걸어 집으로 빨리 와달라고 했다. 할아버지와 할머니가 우리 집으로 오셨다. 할아버지와 할머니는 아빠와 오빠한테 그만하라고, 지금 어린애 앞에서 뭐하는 짓이냐면서 싸움을 말리셨다. 일단 할아버지는 아빠와 함께 안방으로 들어가셨고, 할머니는 오빠를 데리고 오빠 방으로 들어가셨다. 할아버지와 할머니가 오빠와 아빠에게 말하는 사이에 나는 난장판이 된

집을 청소했다.

얼마 후 할아버지와 할머니는 아빠, 오빠와 대화를 마치고 내 방으로 오셨다. 할머니께서 말씀하셨다.

"유지야, 오빠는 잠시 할머니 집에서 지낼 거란다."

"…네?"

"많이 놀랐지?, 오늘은 일찍 자는 게 좋겠구나."

"알겠어요. 할머니."

"그래, 유지야 할머니 가볼게."

오빠는 할머니, 할아버지와 함께 갔다. 나는 오빠와 아빠가 싸우는 장면이 너무 생생해서 꼬박 잠을 세웠다. 비몽사몽 상태로 거실로 갔는데 아빠가 계시지 않길래 안방으로 갔다. 역시 안 계셔서 아빠한테 전화했지만 받지 않았다.

몇 분 뒤 오빠한테 전화가 왔다. 오빠가 나에게 엄마랑 같이 살지 않겠냐고 말하길래 잠깐 고민을 했다. 고민 끝에 나는 그러겠다고 했다. 아빠한테는 미안했지만 나는 엄마와 같이 있는 것이 더 행복했기에 엄마와 살고 싶었다. 오빠는 엄마에게 말해주겠다고 하고 끊었다.

며칠 뒤 엄마는 아빠에게 우리를 데려가겠다고 했다. 아빠가 안 된다고 할 줄 알았는데 아빠는 알겠다고 하셨다. 나는 그 말을 듣고 뭔가 쓸쓸했다. 오빠와 나는 짐을 챙기고 엄마 집으로 갔다. 엄마 집으로 와서 짐을 풀고 밥을 먹고 씻고 잠이 들었다. 그렇게 우리 가족은 다시는 예전처럼 돌아갈 수 없게 되었다.

6. 다시 찾은 행복

나는 전학을 가고 그 학교에서 새로운 친구들도 사귀면서 즐겁게 지냈다. 오빠도 즐거워하는 것 같았다. 그렇게 시간이 지나고 나는 중1이 되었다. 나는 여기에 와서 엄마에게 많은 얘기를 들었다. 아빠가 엄마한테 잘해주지 않았고, 임신했을 때도 잘해주지 않으셨다고 하셨다. 나는 왜 외할머니, 외할아버지가 아빠를 별로 좋아하지 않는지 알게 되었다.

엄마는 우리에게 와줘서 고맙다고 하셨다. 오빠와 나는 엄마에게 우리를 데리고 와주셔서 감사하다고 말했다. 나는 진짜로 행복을 찾은 것 같아 행복했다. 비록 진짜 행복을 찾기 위해 수많은 마음의 상처들을 받았지만, 이 상처들이 꼭 나쁜 것만은 아닌 것 같다.

내 마음속의 이 상처들은 지워질 수는 없지만 그래도 괜찮다. 이제라도 진짜 행복을 찾았으니까.

마음의 고통 • 이윤진

주인공과
엑스트라의
소망

· 박의채 ·

> 주의: 글에 살인, 자살 등의 소재가 포함되어 있습니다. 이에 민감하신 분은 주의해주시기 바랍니다.

1. 엑스트라의 소망

나는 지금부터, 세계의 주인공이 되기 위해 사람을 죽일 것이다.

내가 이곳에서 눈을 뜬 지 어언 3개월! 이곳이 어디냐고 묻는다면, 바로 게임 속이다. 게임의 이름은 '인싸의 삶' 이상한 이름처럼 들리겠지만, 주인공인 인싸의 삶을 느낄 수 있는 게임이자 생소한 게임의 내용에 인기를 끌고 있는 작품이다. 나도 지인들에게 추천을 받아서 산 '인싸의 삶' 게임을 설치하고 실행시켰다.

"인싸란 다 저런 건가?"

엔딩 화면을 본 나는 게임 컨트롤러를 내려놓고 중얼거렸다. 시간을 보니 벌써 새벽 2시였다. 학교 가는 날이네. 나는 무거운 눈꺼풀을 참지 않고 스르륵 감아버렸다.

그런데… 눈을 떠보니 게임 속이었다! 어떻게 알았냐고? 내 눈에는 게임창이 보이니까! 말 그대로 사람들의 대사나 행동이 글자 형태로 나왔다. 가끔 게임 효과음도 들렸다. 마지막으로, '인싸의 삶'에 나오는 주인공도 보였다. 그것도 같은 반, 뒷자리로! 늘 주인공의 뒤에서 주인공의 행동들을 보았다. 운동도 잘하고, 공부도 잘하고, 인간관계도 좋고, 팔방미인이고… 주인공이 부러워 죽을 무렵, 나는 게임 속에서 아무것도 안 하는 '엑스트라'라는 것을 깨달았다. 그것도 엑스트라 중의 엑스트라였다!

나는 주인공과 한 번도 대화를 나눈 적이 없었다. 아니, 주인공은커녕 이 학교 내에서 누구와도 대화한 적이 없었다. 나는 여기서 없는 사람이나 마찬가지였다. 당연했다. 나는 게임 속 인물이 아니었으니까. 여기선 난 불순물이나 다름없었다. 주인공이 부러웠다. 주인공의 '자리'가 부러웠다. 이 감정의 이름은 부러움이 아니었지만 나는 그렇게 불렀다.

그래서 주인공을 죽이기로 했다!

괜찮아! 실패하면 다시 파일을 불러오면 된다. 늘 아침마다 세이브를 해둔다. 언제든지 돌아갈 수 있도록. 들키더라도 파일을 다시 불러오면, 언제 그랬냐는 듯이 돌아올 테니까. 주인공만 죽이면 저건 내 자리야. 주연들이나 조연들과 함께 하하 호호 떠드는 자리… 가방 안에 칼을 넣어두고 집을 나섰다. 게임 속의 엄마가 부엌에서 칼을 찾는 소리가 들렸지만, 아랑곳하지 않고 나는 집 문을 닫았다.

"인기 만점 이 몸 등장!"

주인공이 교실 문을 열고 나타났다. 주인공의 인간관계가 뛰어난 이유 중 하나는 그의 성격 덕이었다. 주인공은 털털하고 유쾌한 성격 탓에 주변에 사람들이 많은 편이었다. 주인공이 내 앞에 앉자 반 애들이 순식간에 몰려들었다. '어제 SNS 봤어?', '언제 만날래?' 등 여러 말들이 주인공에게 쏟아졌지만, 주인공은 천천히 그 말에 대답해주었다. 주변 사람을 잘 챙기는 성격도 인간관계가 뛰어난 데에 한몫했다.

주인공의 주변에는 늘 사람이 많아 바로 칼로 찌르기에는 뒷감당이 되지 않았다. 하교, 그래. 하교 때를 노리자. 주인공은 약속이 있지 않으면 하교 때 늘 혼자였다. 그 이유는 주인공이 학원에 다니지 않아서였다. 학교가 끝나면 다들 학원에 가는데, 주인공은 학원에 다니지 않아도 시험 때마다 나오는 뛰어난 성적 탓에 학원에 다니지 않았다. 빌어먹을 타고난 공부 재능. 오늘은 6교시였다. 시간은 금방 흘렀다.

"자, 그럼 다들 해산."

게임 속의 선생님이 종례를 끝마치자 아이들이 하나둘씩 교실을 빠져나가기 시작했다. 나는 주인공이 빠져나갈 때를 기다리다가 나간 뒤 몇 초 뒤에 조심스럽게 교실을 나갔다. 주인공은 다른 애들과 인사하느라 뒤를 돌아보지 못했다. 심장이 떨렸다. 가방 안에는 칼이 부딪치는 소리가 나는 것 같았다. 학교 내에서는 사람들이 있어서 무리니 학교 밖을 나간 뒤 근처 골목길로 가면 찔러야 할 것 같다.

나는 주인공을 따라가지 않는 척 이어폰까지 끼고 핸드폰에 머리를 박듯이 고개를 숙였다. 그러면서 주인공을 힐금힐금 보는 것까지 잊지 않았다. 주인공은 학교를 나가 옆 골목길에 바로 들어갔다. 지금이다! 나는 끼고 있던 이어폰을 빼고 핸드폰과 함께 가방에 던져놓듯이 쑤셔 넣었다. 그리고 칼을 꺼내려는데, 아뿔싸, 이어폰 때문에 엉켜버렸다. 이런 실수를!

나는 침착하게 칼에 걸린 이어폰을 대충 빼고 조심스럽게 주인공 뒤까지 다가갔다. 심장이 빠르게 뛰었다. 숨이 빨라졌다. 주인공은 여전히 핸드폰을 보고 있었다. 칼을 들어 주인공의 머리 위로 올렸다. 주인공만 죽으면, 내가 주인공이야! 그 생각이 들자마자 입꼬리가 올라갔다. 그렇게 칼을 휘두르려는데, 주인공과 내가 들어온 골목길에서 또 다른 발소리가 들려왔다.

헉! 나는 서둘러 칼을 가방 안에 넣었다. 가방 지퍼를 열어두고 있던 건 현명했다. 비록 당황해서 지퍼를 잘 닫지 못했지만, 나는 서둘러 다른 골목길로 달려갔다. 어떻게 얻은 기회인데…! 나는 달리던 걸음을 멈추고 골목길 벽에 손을 짚었다. 달려서 그런지 숨이 제대로 쉬어지지 않았다. 그뿐만 아니라 시야가 뒤틀리기 시작했다. 내가 제대로 서 있는지조차 느낄 수 없었다.

내가 정신을 차린 건 골목길로 들어온 아이와 주인공의 대화 소리 덕분이었다. 정신을 차리고 보니 나는 바닥에 손을 짚고 있었다. 나는 손바닥에 묻은 먼지들을 털고 일어나며 주위를 둘러보았고, 주변에 보이는 CCTV들과 여러 창들에 심장이 덜컥거릴 수밖에 없었다.

"허억… 죽이면, 큰일 날 뻔 했…"

나도 모르게 나오는 소리에 입을 덥석 잡았다. 내가 방금 뭐라고 한 거야?

"큰일? 큰일이 왜 나지? 어차피 여긴 게임 속이잖아…"

나는 제대로 굴러가지 않는 머리를 탁탁 치며 자문자답을 했다. 집에 돌아가서, 살인 계획을 다시 세워야만 했다. 집에 어떻게 돌아갔는지도 모르겠다. 그저 왜 이리 일찍 왔냐는 엄마의 물음을 무시하고, 방에 들어가서 곧장 침대에 누운 것밖에 기억이 나지 않았다.

아침이었다. 애써 울렁이는 속을 부여잡고 침대에서 일어났다. 교복을 입고 있는 걸 보면 오자마자 침대에 누워 잔 것 같았다. 화장실에 들어가 세수를 하고 거울을 보니 부스스한 머리카락이 보였다. 나는 대충 빗고 가방을 챙겼다. 머리카락에는 기름기도 있었지만, 반에서 엑스트라인 나를 아무도 신경 쓰지 않았기에 괜찮았다.

이번엔 흉기를 쓰는 것보단 찻길, 계단, 옥상 등에서 밀치는 걸 써야겠다. 찻길은 사람이 별로 없는 아침이 좋았겠지만, 주인공은 조금 늦게 집에서 나오기 때문에 주인공이 나오는 시간대는 늘 사람이 많았다. 또한, 탁 트인 곳이라 저번처럼 사람이 오거나, CCTV에 걸릴 수도 있었기에 찻길은 패스. 계단과 옥상은 오로지 학교에서만 가능했다.

생각해보니, 학교는 다른 장소보다 좋은 곳이었다. 밖은 늘 CCTV가 있었고, 누가 언제 지나갈지 모르지만, 게임 속의 학교는 애들의 동선이 늘 일정했고, 학생들의 인권이니 뭐니 하고 CCTV 또한 없었다. 게다가 학교 안에서 수사하는 것이 경찰들 처지에선 꽤 고생스러웠기에 괜찮다고 생각됐다.

먼저 계단에서 밀치는 것으로 하자. 오늘 체육이 들었기에 분명 운동장으로 내려갈 때가 있을 것이다. 주인공 주변에는 늘 사람들이 많으니 밀쳐도 누가 했는지 전혀 모를 것이다.

만약 실패한다면 이번은 옥상. 점심시간에 옥상으로 몰래 불러내서 밀친다. 이 경우에는 내가 주인공을 밀쳤다는 증거나 증인이 있을 수 있지만, 가장 확실한 방법으로 죽일 방법이었다. 우리 학교는 5층에다가 화단이 많았으니 잘 떨어지면 죽을 수 있었다.

드디어 체육 시간. 생각보다 빠르게 흘러주는 시간에 감사함을 느꼈다. 게다가 체육 시간은 4교시이니 실패하면 곧바로 점심시간에 옥상에서 떨어뜨릴 수도 있다. 종이 울리자 반 애들이 하나둘씩 자리에서 일어나 주인공에게로 모이기 시작했다. 주인공은 그런 애들과 하하 호호 떠들며 교실을 나서고 있었다. 나는 아무렇지 않은 척 그 뒤를 따랐다.

뭐가 그리 즐거운지. 반 애들은 주인공에게 자신의 이야기를 들려주거나 체육 시간 짝을 같이 하자는 등의 이야기를 떠들고 있었다. 주인공은 그 사이에서 그저 맞장구쳐주거나 웃기만 했다. 그 모습을 보니 괜히 배알이 꼴렸다. 마지막으로 실컷 웃어둬. 너도 오늘이면 끝이야, 주인공.

계단이 코앞에 다가왔다. 나는 아무도 모르게 주인공을 향해 조금 가까이 다가갔다. 때마침 주인공은 어째서인지 계단의 코앞에서 우뚝 멈췄고, 그 덕에 주인공을 둘러싼 반 애들은 계단에서 한두 칸 내려온 채로 주인공을 바라보고 있었다.

지금 칠까? 아직. 주인공이 계단을 향해 발을 딛는 순간 칠 생각이었다. 주인공은 자신을 멀뚱히 바라보는 반 애들을 훑어보더니, 이내 밝게 웃으며 발을 뻗었다. 지금이다! 나는 뒤로 다가가 주인공을 팔로 툭 쳤다.

됐다. 속에서 깊은 환희가 끓어올랐다. 주인공도 예상하지 못했는지 중심을 잃어 넘어지기 직전이었다. 나는 미소를 지으며 주인공을 바라보는 순간, 주인공과 눈을 마주친 것 같았다. 헉, 나는 숨을 들이마시며 벽 뒤로 몸을 숨겼다.

곧바로 주인공이 구르는 소리가 들려왔다. 생각했던 것보다 큰 소리여서 나도 모르게 벽 밖으로 고개를 내밀어 확인해 보니, 뒤에 반 애들이 주인공을 걱정해주는 소리가 들려왔지만 반 아이 중 아무도 주인공을 잡아주지 않은 것 같았다. 나는 서둘러 자리를 피해 다른 계단을 통해서 운동장으로 내려갔다. 왜 아무도 주인공을 붙잡지 않는지는 중요하지 않았다. 중요한 건 내가 그곳에 있지 않았다는 증거였다. 그래서 나는 서둘러 운동장에 도착해 벤치에 앉아있었다. 겉으로 태연한 척을 하려 애썼다. 그래도 속으로는 안절부절못했다.

'나를 봤나?'

하긴 사람이 누군가가 뒤에서 밀치면 본능적으로 뒤를 돌아볼 수도

있었다. 서둘러 몸을 숨기고 운동장으로 내려왔다 해도, 나를 본 제3 자나, 주인공이 내가 한 짓을 말할 수도 있다. 그 사실이 머릿속을 지나가자 불안함이 내 가슴 속을 채웠다. 애써 천천히 심호흡을 해봤자 달라지는 게 없었다. 어제랑 같았다. 체육 선생님이 도착해 자리에서 일어나 일렬로 서자 애들의 목소리가 들려왔다.

"…은 괜찮대? 기절했다며?"

"내가 봤었는데, …이 발목 부러진 것 같더라. 저번에 우리 아빠가 뼈가 부러졌었는데, 그때랑 발목 모양이 똑같았거든. 보건쌤도 똑같이 말씀하셨어."

"근데 기절은 왜 했대? 발목이 부러졌는데 기절을 해?"

"벽에 머리를 부딪쳤다고 했는데, 잘은 모르겠어. 어쨌든 꼴은 좋더라. 걔 맨날 반 애들 끌고 다니는 거, 일진 같아."

주변의 애들이 개그 프로를 본 것마냥 웃었다. 그 사이에서 나는 애들의 반응을 이해할 수 없었다. 주인공은 늘 주변 애들한테 사랑받는다. 근데 이건, 아니, 생각하지 말자. 내게 중요한 건 다음 계획이다. 나는 어느새 진정된 불안함을 느끼고는 점심시간을 기다려왔다.

혹시 몰라서 주인공을 옥상으로 불러낼 편지를 썼었다. 자세히 말하자면 '고백편지', 이걸로 주인공을 옥상으로 불러내서, 방심하는 사이 밀친다. 우리 학교는 어째서인지 옥상의 문을 제대로 잠그지도, 옥상에는 철조망 하나 없었다. 뭐, 덕분에 이런 계획을 세울 수 있었다.

나는 체육 시간의 끝을 알리는 종이 치자마자 교실로 달려갈 듯이 들어가 준비해놓은 편지지를 펼쳤다. 틀린 부분은 없는지 빠르게 훑어보고, 곧바로 주인공 책상 위에 올려놓았다. 내가 교실에 온 사실을 들키면 안 됐기에 누가 들어오기 전에 재빠르게 교실 앞문으로 나가자 즉시 뒷문으로 누군가 들어왔다. 주인공이었다.

생각보다 빠르게 들어온 것은 둘째치고, 들어온 사람이 주인공이란 사실에 놀랐다. 기절에다가 발목까지 다쳤다고 했었는데, 주인공이 왜 여기 왔는지 알 수 없었다. 발목에 덧댄 부목을 보면 발목이 부러진 것은 맞는 것 같다. 주인공은 내가 책상 위에 올려놓은 편지를 읽더니 곧장 교실 뒷문으로 나가 계단으로 올라가기 시작했다.

어, 어?! 바로? 나는 허둥지둥 반대쪽 계단을 통해 올라가기 시작했다. 발목을 다쳐 올라오는데 시간이 걸리는 것이 다행이었다. 나는 옥상 문을 거칠게 열고 밀쳐서 떨어뜨리기 쉬운 곳에 자리 잡았다.

얼마 지나지 않아 주인공이 도착했다. 헉, 나도 모르게 숨을 들이켰다. 주인공의 표정 때문이었다. 늘 웃고 있던 주인공의 표정은 금방이라도 누굴 죽여버릴 듯한 표정을 짓고 있었다. 사실상 무표정에 가까웠지만, 주인공의 눈동자에는 그런 느낌을 담고 있었기에 저절로 어깨가 움츠러들었다.

"네가 이 편지 썼어?"

"응? 으응. 맞아…."

나도 모르게 기어들어가는 목소리로 대답하니 주인공이 허, 하며 어이없다는 듯한 웃음소리를 내었다. 그 소리에 나는 시선을 바닥에 고정했다. 손이 가만히 있지 않았다. 주인공은 그런 내 모습을 보더니 편지를 내 눈앞에서 찢기 시작했다. 어? 멍하니 찢긴 편지를 바라보니 주인공이 내게 다가오며 말했다.

"뻔히 보이는 수법을 쓰면 안 되지. 내가 여기로 오는 도중에 누구랑 마주쳐서 이 편지의 내용을 말하거나, 여기에 누군가와 같이 오면 어쩌려고? 그다음은? 네가 경찰들에게 잡히지 않을 거란 보장이 있어?"

"그게 무슨,"

"머리 좀 굴려. 칼로 찌르거나, 밀치는 그런 유치한 방법 쓰지 말고. 철저하게 계산해서 그 뒤까지 생각했어야지."

"…처음부터, 다 알고 있었어?"

"알라고 한 짓 아니었나?"

무미건조한 주인공의 대답에 내 몸을 굳었다. 무언가 말해야 하는데, 입이 열리지 않았다. 그런 내 모습을 이상하게 여겼는지 주인공이 내게 다가왔다. 그런 주인공에 주춤주춤 뒷걸음을 쳤는데, 어느새 금방이라도 떨어질 것 같은 위치에 와있었다. 나도 모르게 휘청거리니 주인공이 순식간에 다가와 내 팔을 덥석 잡아 낭떠러지에서 멀리 나를 끌었다. 친절하기 그지없는 행동에도 불구하고 몸이 덜덜 떨렸다. 내 눈에서 눈물이 후두둑 떨어졌다.

"그, 그럼 왜?"

"왜 신고하지 않냐고? 왜 저항하지 않냐고?"

　주체할 수 없는 감정에 말이 제대로 나오지 않았다. 그런 나를 대신에 주인공이 말을 꺼내주었다. 주인공은 눈물이 흐르는 내 볼을 쓸었다. 나도 모르게 주인공의 얼굴을 바라보았다가, 온몸이 굳었다. 그러자 내 팔을 잡는 주인공의 손에 힘이 들어갔다.

　"그야 난, 죽고 싶으니까!"

　주인공은, 웃고 있었다.

2. 주인공의 소망

그래, 난 죽고 싶었다. 어느 순간부터였다. 아무것도 하지 않았는데도 몇 시간 동안 뛴 것마냥 힘들었다. 분명 땅을 걷고 있음에도 물에 빠진 것처럼 숨쉬기 힘들었다. 처음 보는 것에도 몇십 번은 본 것처럼 관심이 없었다.

내 삶은 지루함으로 가득 차 있었고, 그런 삶을 사는 것에 가치가 없었다!

어느 순간부터였다. 늘 고민해왔다. 고통 없이 죽는 법부터, 흔적도 없이 사라지는 법까지. 늘상 보았다. 나를 기대에 가득한 시선으로 보는 엄마부터, 나를 투명인간처럼 보는 아빠까지. 늘 웃었다. 나에게 호감을 표하는 인간들부터, 나에게 비호감을 표하는 인간들까지.

지쳤고, 질렸고, 진절머리가 났다!

절이 싫으면 중이 떠나라고 했던가. 그래서 죽고 싶었다. 하지만 늘 죽고 싶은 욕망은 죽음에 대한 공포에 삼켜졌다. 그 사실이 미치도록 짜증이 났다. 그러던 도중 발견한 것이다. 나를, 죽이고 싶어 하는 인간을.

환호성을 지르고 싶은 기분이었다! 번지점프 앞에서 홀로 망설이다가 결국엔 못 뛰어내리는 것이랑, 누가 뒤에서 밀어 짜릿한 스릴을 맛보는 것과 똑같았다. 그래서 그 인간에 대해 알아보기 시작했다.

'워낙에 존재감이 없는 애', '어딘가 이상한 애', '불쾌감이 드는 애' 등

가면 갈수록 인간들의 비호감을 사는 호칭들이 늘었다. 그러나 아무도 그 인간의 이름을 몰랐다. 아무도 그 인간에게 관심을 주지 않았다. 아무렴 어떤가. 그런 건 중요하지 않았다. 늘 그 인간은 날 노려봤다. 그 덕에 그 인간이 나를 죽이고 싶어 하는 건 알 수 있었지만, 대체 언제까지 그럴 것인지. 점점 그 인간이 한심해 보였다.

평소 같은 날이었다. 그 인간이 나를 바라보는 시선이 조금 달라졌다. 평소엔 죽여버리겠다는 느낌을 담은 눈빛이었지만, 오늘은 무언가 기다리고, 기대하는 느낌이 덧붙여진 것 같았다. 그 느낌에서 알 수 있었다. 이 애는, 오늘날 죽이려는 거다. 혹시 몰라 점심시간 아무도 없을 때 그 애의 가방을 확인해 보니 칼 한 자루가 있었다.

드디어! 하는 흥분감이 차올랐지만 다른 한 편으로는 걱정되기 시작했다. 그 애가 나를 죽인 후에 어떻게 할지. 그래서 일부로 하교 때 홀로 골목길을 걸었다. 핸드폰을 보는 척하며 그 애에게 온 신경을 집중했다. 도중에 길을 잘못 들 뻔하고 당황했지만, 그 애가 가방에서 칼을 꺼내는 모습에 아무렇지 않은 척 걸었다.

어라, 근데 여기. CCTV 있지 않나? 그 생각이 들었을 때, 내가 걸어온 뒷골목에서 발걸음 소리가 들려왔고, 그와 동시에 내 뒤에서 숨을 들이키는 소리와 함께 옆 골목으로 허겁지겁 뛰어가는 소리가 들려왔다. 아, 진짜. 짜증이 났다.

모든 게 짜증 났지만 허술하게 나를 죽이려는 그 애가 가장 짜증이 났다. 고작 칼로 찌르기? 그것도 CCTV가 떡하니 달린, 누가 들어올지

도, 누가 볼지도 모르는 골목길에서? 생각이 있는 건가? 나를 죽이려
는 생각은 있는 건가?

그 의심이 확신으로 번지는 건 그 다음 날이었다. 계단에서 밀치기?
장난하냐고! 나는 주체할 수도 없이 끓어오는 화에 보건실 이불을 꽉
쥐었다. 그 인간이 생각 없이 행동하는 것 하나는 알겠다. 인간이 많은
점을 이용해 밀치는 건 좋았지만 자칫하다 그 많은 인간 중 하나에게
들키면 어쩌려고!

나는 체육 시간의 끝을 알리는 종이 치자마자 절뚝거리는 발을 이
끌고 반으로 돌아갔다. 기분이 좋지 않아 조퇴라도 할 생각이었다. 책
상 위에 올려진 편지만 아니었다면. 편지를 펼치니 생각이 뻔히 보이는
내용에 헛웃음이 나왔다. 어떤 미친놈이 고백을 옥상에서 해? 한 마디
해줘야겠다 싶어 옥상으로 올라갔다. 다친 발목 때문에 계단을 올라가
는 데 시간이 걸렸지만 아무도 마주치진 않았다.

옥상 문을 여니 그 애가 보였다. 그 애에게 다가가 몇 마디 쏘아붙이
니 울음을 터트렸다. 그 애의 볼을 쓸어주니 언제 떨렸냐는 듯이 몸이
굳었다. 이런, 표정 관리가 제대로 되지 않았다. 나도 모르게 그 애를
잡던 손에 힘이 들어갔다.

"그야 난, 죽고 싶으니까!"

내가 웃으며 그 애에게 답해주니, 그 애는 말도 안 된다는 둥 중얼
거리더니 다리에 힘이 풀린 듯 털썩 주저앉았다. 이렇게 멘탈이 약해서
어쩌. 나를 죽이려던 건 맞아?

"너 이래서 나 어떻게 죽이려고. 빨리 일어나서 다음 계획 세워. 내가 도와줘야 해?"

"어떻게…. 이럴 순 없어…. 넌 주인공이잖아. 그 자리가 뭐가 부족하다고."

"주인공? 네가 미쳤다는 소리는 들려오긴 했는데. 혹시 너 게임 하다 잤나?"

"넌 반 애들한테 사랑받잖아! 나는 사랑은커녕 관심조차 받을 수 없어… 미친놈 취급받는다고! 근데 넌 어떻게… 죽고 싶다는 말을 할 수 있어‥? 이건 불공평해… 왜 너만… 왜 너만 행복한데?!"

행복. 그 말을 듣자마자 치솟는 화에 나는 참지 않고 내가 잡고 있던 애의 팔을 뿌리쳤다.

"행복? 누가 행복한데? 앞에선 같이 웃다가 뒤에선 쉴 틈 없이 까이는 나? 가족한테 가족이라고도 못하는 대접을 받는 나? 장난하지 마! 이게 어딜 봐서 행복하다고 이 난리야! 주인공? 정신 나갔어? 날 죽여줄 수 있는 줄 알았더니, 그냥 열등감 덩어리였잖아!"

몸이 부르르 떨렸다. 호흡이 저절로 가빠졌고 심장이 움직이는 소리가 들려왔다. 애써 화를 진정시키려 하던 말을 멈추고 숨을 천천히 내쉬었다. 그 애를 바라보니 멍한 시선으로 날 바라보고 있었다. 내 말에 정신이 나간 건지 열등감 덩어리, 라는 단어를 계속해서 중얼거렸다. 그런 모습에 나는 체념할 수밖에 없었다.

그래, 결국에 난 죽지 못하는구나.

3. 엑스트라의 결말

엑스트라는 화면에 나오는 글씨를 바라보았다. 인싸의 삶. 크고 화려하게 적힌 글씨를 뒤 우리 학교보다 밝고 커 보이는 배경. 그리고 주인공과 다른 생김새를 가진 캐릭터.

엑스트라는 주인공이 말한 단어를 다시 중얼거렸다. 열등감 덩어리. 엑스트라는 열등감 덩어리가 맞았다. 열등감에 눈앞이 흐려 현실과 게임을 구분하지 못했다.

어두운 방안에서 밝은 화면만 반짝거렸다. 엑스트라는 눈이 아플 정도로 반짝이는 화면을 보다가, 이내 마우스로 손을 뻗어 커서를 움직이더니, 게임 화면을 꺼버렸다. 엑스트라는 컴퓨터 배경화면을 보더니, 전원까지 꺼버리고는 방의 불을 켜버렸다.

방금 전과 확연히 달라 보이는 방안이었다. 엑스트라는 어지러운 자신의 방을 정리하더니, 이내 밖으로 나가 자신의 엄마에게 정신과 상담을 받고 싶다며 말했다.

엑스트라는 엑스트라가 아니게 되었다. 해피 엔딩의 결말이었다.

4. 주인공의 결말

주인공은 그날 뒤로 달라진 게 없었다. 평소와 같이 웃고, 떠들다가 집에 들어가면 무표정을 지었다. 주인공은 그렇게 생각했다.

사실은 아무도 모르게 주인공은 썩어가고 있었다. 사과가 썩어들어가는 것처럼. 다만 그 사과가 땅에 떨어지지 않아 겉이 먹음직스러울 뿐이지, 이미 속은 썩어 문드러질 대로 문드러져 있었다. 그 사실을 알았을 때는 이미 빨간 껍질까지 썩어버려서, 더이상 나무에 달려있을 수 없었다.

주인공은 그렇게 끝이 났다.

땅에 떨어진 사과처럼, 겉과 속이 이미 썩어들어갔다. 그 사과는 다른 사과들의 비웃음거리로 남게 되었고, 사람들의 발에 짓밟히고 벌레들에게 먹혀 흔적조차 남지 않게 되었다.

책쓰기에 풍덩 빠지다

청화전

· 김영성 ·

1. 청화국

"나라가 세워졌음을 널리 알리는 바이다."

이 말을 끝으로 세워진 청화국은 올해로 118의 춘추를 맞이하게 된다. 섬나라를 정복하고 세워진 청화국은 푸르렀던, 푸른, 푸를 모든 이들을 존중하며 국가를 이끌어나간다.

동시대의 타국들은 정부 차원의 교육, 보호 시설이 없지만, 청화국엔 학교와 미보호구역이 있다. 이를 통해 선별된 이들을 보호 구역, 그렇지 못한 저능아들을 미보호구역에 배치한다. 체계가 아닌 각 가정에서의 교육, 준비된 자들의 자발적 참여로 사회가 제 기능을 하게 된다.

청화국의 학교는 '자', '초', '화', '과'로 이뤄졌는데 각 3년씩 총 12년을 보호받게 된다. 19세까지 보호받을 자격이 있고 화목이 찾아내거나 초전에서 특정 전을 초과해 펼친다면 언제든 보호 구역에 갈 수 있게 된다. 이 외의 모든 경우는 모두 미보호구역에서 정부의 지원을 받으며 살아간다.

　이곳에서 벌어지는 청화들의 슬프고 고통스러운 아름다움을 지켜 보고자 한다. 청화국의 이들이 보기에 쉽도록 제작했기에 다른 시대나 멀리 떨어진 곳의 이가 보거든 그저 창작글이라 치부해주기를 간곡히 바랄 뿐이다. 이 글을 보고 있는 당신처럼.

2. 친화

청화국 제16학교 중화 2102번. 내가 청화국의 학교에서 불리는 분류명이다. 청화국이 세워지기 전의 이 땅에서는 이것이 학번이라고 불렸다고 한다. 날 만들어준 암술과 수술이 만나기도 전의 머나먼 이야기지만 청자 때부터 이름보다 분류명으로 많이 불렸기에 거짓 같은 이야기가 생겨나지 않았나 싶다.

화기인데 이름도 적지 않은 것이 이제야 떠올랐다. 글을 지울 순 없으니 소개를 해보자면 난 김영덕이고, 아직 내가 말기의 청자라고 생각하는 중기의 청화이다. 내년이면 퍽 많은 청화들이 화목을 찾아 떠난다고들 하는데 아직도 정해진 것 없이 초전만 준비하며 조별 전 아이들을 찾고 있는 적당히 한심한 청화다.

같이 조별 전을 할, 너무 과하게 성실하지도, 게으르지도 않은, 딱 적당히 나같은 아이들이 나를 찾아왔으면 좋겠는데 하는 게으른 생각에 묘목들이 나눠준 사이트에 들어가서 손으로 포스터까지 만들어 청화들의 소통 공간에 띄워놓았다.

조별 초전까지 남은 기간은 벚꽃의 개화 기간 정도이고 튤립의 개화 시기에, 수련의 개화 시간 동안 초전을 치른다. 벚꽃의 개화 기간이면 얼마 남지 않았기에 부디 빨리 나타나 주기만을 바라던 그때 유승화, 한문경에게 연락이 왔다. 둘은 친화인 듯했고, 세 명 모두 각기 다른 반에 있었기 때문에 성격, 화법, 특화점 등에 따라 철저히 분리되는 청화국의 특성상 난 좋은 초전의 결과 있을 것을 예측할 수 있었다.

특화점이 다르다는 것은 주제는 공개되지 않고, 형식도 정해지지 않은 조별 초전에서 서로의 특화를 공유할 수 있기에 상당한 이점이 된다. 하지만 성격도 화법도 생각의 방향도 달랐던 우리 셋은 정말 안 맞았다. 어떻게 저런 사고방식을 가졌는가 싶다가도 초전을 위해서 참아야 한다는 생각은 같았는지 초전을 성공적으로 마쳤고 결과도 여태껏 받은 초전의 점수 중 가장 높았다. 결과가 좋기도 했고 서로 미운 정, 고운 정이 들었는지 우린 친화가 됐다.

학교라는 공통된 시설 안에서 딱딱한 묘목들과 나무들에게 꺾임을 당할 수밖에 없던 우리는 청화라는 유일한 공통점이 연결고리가 돼 주었는지도 모르겠다. 다정한 문경이에게선 동족들에 대한 애정을 키워갈 수 있는 따뜻함이 있었다. 냉철한 승화에게선 동족 중에서도 이상한 이들로부터 자신을 지킬 수 있는 굳건함을 배울 수 있었다. 삶에 있어 필요한 부분이기에 꺾음을 교육으로 생각하는 묘목들보다 직접적인 가르침을 주는 훌륭한 선화들로 느껴졌다. 항상 이렇게만 행복하기를 바라며 마침.

청화전 • 김영성

3. 물음

이번 춘추로 두 번째 화기이다. 저번 분기의 학교생활은 나의 선화이자 친화들 덕분에 내 행복값을 넘게 행복한 건 아닌가 무섭기도 했다. 다음 초전은 개인별인데 청자, 청초 때만 초전을 잘 봤던 나이기에 저번 초화 때처럼 초전 때 아무것도 할 수 없다는 무력감에 다시 빠지진 않을까 두렵다.

승화와 문경이에게 서로의 특화점을 공유하며 공부를 해보는 건 어떻냐며 제안했다. 친화들이 수락했긴 하지만 괜히 내가 폐만 끼치는 건 아닐까 걱정돼 개인 공부도 쉴 순 없었다.

중기의 청화들은 청화국의 설립 배경과 현재까지의 이야기를 배우게 된다. 확실하게 교육이 되었는지 확인할 수 있는 가장 확실한 방법은 타인에게 설명하는 것이라고 초기의 청자 때 배운 적이 있기에 승화와 문경이에게 청화국을 설명해 보았다.

"이 땅이 청화국이 아니었던 시절, 이곳은 …이었어. 그래서 청화국을 세우게 됐고. 청화국의 목표는 푸르렀던, 푸른, 푸를 모든 이들이 소중히 대해져야 하고 존중받을 자격이 있다는 것이야. 이건 지금도 변하고 있지 않아. 그리고…"

내 말이 채 끝나기 전, 승화가 내 말을 끊고 말했어.

"말하는 중에 끊어서 미안해. 지금 질문하지 않으면 놓칠 거 같아. 모든 이들이 소중히 대해져야 한다고 했고 지금도 변하지 않는다고 배운 건 맞는데 맞다 생각해?"

문경이와 나는 아무 대답도 할 수 없었다. 나무들의 수업을 들으며 의구심을 품거나 이해하기보다는 틀릴 가능성이 없는 나무들의 가르침을 외우고만 있었다. 그리고 우린 그걸 배움이라고 착각해왔었다.

한 번 머릿속에 심어진 의문은 하늘타리가 개화되는 동안 계속됐다. 어쩌면 승화의 질문을 들은 우리는 처음부터 알고 있었던 거 같다. 그저 나무의 절대적 가르침을 부정하는 것이 맞나, 이래도 괜찮을까 하며 자신의 제한을 풀어내는 시간을 대답을 찾는 시간으로 칭한 듯하다.

청화국의 목표가 현재까지 이어진다면 미보호구역은 없어야 한다. 보호 구역으로 갈 때마다 그곳의 이들에게 꺾임을 당해야 했고, 정부의 지원은 그들의 수와 형편에 관계없이 보이는 이들에게 가져온 만큼만 지급했고, 양이 부족하다 한들 다음 지원 때 그것이 충족되지 않는다고 나무가 말했다.

이러한 내용을 알고 있었음에도 의구심을 품지 않은 내가 무서워졌다. 무슨 생각을 하며 살아온 건지, 학교에서 생각하며 나무의 말을 들은 적은 있었는지 여러 생각이 들었다. 문경이는 받아들일 수 없는 생각들에 머리가 아파졌는지 청자 시기처럼 말했다.

"그럼 우릴 왜 보호하겠어. 나무들은 감정적으로 행동한 적이 없잖아. 초전의 평가 기준은 공개된 적이 없지만, 모두가 납득할 만큼 객관적이야. 그렇게 의심된다면 지금 나무들에게 물어보러 가자"

청화전 · 김영성

승화는 문경이에게 솔직하게 말해냈다.

"문경아, 우릴 보호하는 게 아니라 세뇌하는 건 아닐까? 너도 미보호구역이 있고, 그곳이 어떻게 관리되는지 알았으면서 이상함을 느끼지 못했잖아. 청화국의 학교는 우릴 이상하게 가르치려 하고 있어. 그리고 나무들에게 물어보려면 묘목들에게 먼저 물어야만 하는 거 알잖아. 분명히 묘목들이 우릴 꺾을 거야"

문경이도 승화의 말이 맞다 생각했는지 조용히 고개를 숙였다. 다음 날 만난 우리는 아무 말도 하지 않았고 헤어질 때쯤 승화가 말을 꺼냈다.

"나는 정부의 일원이 될 거야. 단순히 행복값이 높아지고 싶다는 게 아니라 미보호구역을 없애고 학교에서 제대로 된 교육을 하게 할 거야. 정부의 일원이 된다는 건 청과 때까지 남아서 앞으로의 모든 초전에서 공개되지도 않은 평가 기준을 초과해야 해. 어렵겠지만 이렇게 해서 그들에게 인정받고 그들이 인정한 하나의 청화가 어떤 날갯짓을 할지 보여줄 거야."

승화의 말에 나는 나도 묘목이 될 거라 말했다. 비록 청화까지 남는 몇 안 되는 청화가 될지라도 승화와 함께 준비할 거라고. 문경이는 사실 화목을 찾았다고 말했다. '샤프란'과 '라일락'. 두 개 중 자신에게 맞는 화목을 찾아 청화의 말기 땐 우리와 함께하지 않을 거라 말했다. 친화가 학교를 떠난다는 사실이 어색했고 학교에서보다 행복값이 올라가니 좋은 일인가 싶다가도 볼 수 없다는 사실에 슬퍼져 문경이를 품어주었다. 아직도 너무 슬픈 화기 마침.

4. 각자의 화전

시간은 빠르게 흘러 중기 청화의 마지막 초전까지 끝마쳤다. 화목을 정한 샤프란은 다음 춘추에 없을 것이다. 샤프란은 오늘 분류명을 박탈당했고 우리끼리 부르는 이름도 이제는 잘 기억나지 않는다. 이런 일을 막으려고 화전을 열심히 써 온 것이었는데 이름이 뿌옇게 흐려질 줄은 생각하지 못했다.

샤프란의 화목을 축하하면서 승화와 꽃다발을 만들어주기로 했다. 학교의 묘목들과 나무들 근처의 꽃을 조금씩 모아 소소하게 준비했다. 팬지, 제비꽃, 달맞이꽃, 백일홍, 에델바이스가 아름답게 모여 조화를 이루니 샤프란의 미래 같아 괜히 울컥하게 된다.

보호 구역에서의 삶은 학교와 많이 다르겠지만 그래도 어린 마음에 우리를 잊진 말아줬으면, 학교에서의 물건은 썩지 않으니 꽃다발을 보며 가끔 우리를 추억해주기를 바랄 뿐이다. 눈물로 젖은 중기 종화식은 끝났고 승화와 나의 말기 개화식을 준비해야 할 차례이다. 벌써 샤프란의 모습이 흐릿해졌으나 샤프란이 나눠준 자신의 작은 모습을 보며 애써 잊지 않으려 노력할 것이다.

앞으로 나는 청과까지 쉬지 않을 것이고 포기하지도 않을 것이다. 언젠가 나의 화기를 보며 사회에서 웃는 날이 오기를 바란다. 어딘가의 그들을 응원하며, 또 다른 청화 드림.

5. 작가의 말

'청화전'의 작가 김영성입니다. 중학교 3학년이 되니 확실히 글을 쓸 수 있는 저만의 시간이 줄어 글의 완성도가 내려간 거 같아 씁쓸하네요. 동성중학교에서의 마지막 글이 되는 만큼 열심히 하고 싶었는데, 아쉬움은 털어내고 이제 앞으로의 희망을 보도록 하겠습니다. 이 글은 어느 날 보게 된 꽃의 유래에 대한 영상에서 시작됐습니다. 글 전체가 식물에 관련된 이야기가 많이 나오는 만큼 용어들을 찾아보시면서 보면 글의 풍미가 더 살아납니다. 모쪼록 짧은 글임에도 관심을 가져주심에 감사드립니다.

친구 사귀기 프로젝트

· 최주은 ·

1. 기대 반 걱정 반 새 학기

오늘은 드디어 중학교에 입학하는 날이다. 사실 여러 대중매체의 영향으로 중학교 이야기는 많이 들어봤지만, 실생활은 역시 내가 직접, 실제로 경험해봐야 알 것 같다.

'만약 친구를 사귀지 못하면 어쩌지?', '왕따를 당하게 된다면?', '큰일 나는 거 아니야?' 이런 불안함이 있지만, 그래도 중학생이 된다는 데 대한 역시 기대가 되는 건 어쩔 수 없다.

어젯밤까지 계속 입어보며 연습했던 교복을 단정히 입고 교문을 들어섰다. 운동장에는 많은 학생이 가방을 메고 등교하고 있었다.

이 중에는 나와 같은 신입생들도 있을 테고, 3월 등교를 3번이나 겪는 3학년 선배들도 있을 것이다.

'내가 여기서 잘 지낼 수 있을까?'

입학식은 마치 폭풍처럼 지나갔다. 설렘과 불안함에 기억도 잘 나지 않는다. 우리 반 담임선생님은 그전에 본 것과 같이 약간 젊으시고 활기가 넘치는 분이셨다. 선생님은 종례시간에 우리에게 한번 잘 지내보자고 말씀하시며 웃으셨다. 웃음으로 답하는 아이들도 있었고, 과묵한 아이들도 있었다.

'음. 과연 내가 잘할 수 있을까?'

2. 원래 중학생은 이래?

첫 등교를 한 지 이제 일주일이 다 되어 간다. 사실 처음 며칠은 너무 휩쓸리듯 지나가 기억도 잘 나지 않는다. 여러 선생님의 수업도 들어보고, 교과서도 훑어보았다. 다만 아직 적응되지 않는 부분들은 남아있다.

초등학교 때와는 다르게 수업들이 모두 45분으로 늘어나 버려서 힘이 쭉 빠지는듯한 기분이다. 그리고 7교시가 생겨나 버렸다. 불과 몇 달 전까지만 해도 6교시를 불평하던 나였지만, 어느 순간 6교시인 날은 신나며 기다리게 되었다.

나는 학교와 거리가 조금 있어 버스로 통학하고 있는데, 매일 아침 일찍 일어나 버스 시간을 맞추려니 힘들어서 가끔은 부모님 차를 타고 가기도 했다.

급식을 가리는 편은 아니지만, 솔직히 초등학교보단 중학교 급식이 맛있는 것 같기도 하다. 그래도 아직은 단점이 더 많이 느껴지는 것 같다. 뭐가 됐든, 어떻게든 잘되지 않을까?

3. 친구가 필요해!

'어떻게든 되겠지'라던 얼마 전 내가 한 말을 후회한다. 매시간 바뀌는 복잡한 수업, 진도, 학습패턴보다 견디기 힘든 건…. 아는 친구가 없다는 거다. 아는 친구가 없다는 건 생각보다 큰 문제였다. 친구가 없으니 쉬는 시간은 고사하고, 점심시간에도 딱히 할 일이 없다. 물론 말 정도는 섞을 수 있지만, 아직 나에게 딱히 친구라고 부를만한 애가 없다는 게 문제다.

'확실히 친구는 필요할 거 같은데….'

'무슨 수로 친구를 구해야 할지 고민해 봐야겠다.'

네△버 지식인이나 유△버 등 SNS에도 물어봤는데, 친구를 사귀려면 그냥 말을 걸면 된다더라. '아니, 이게 말이 되나?' 정말 어이없는 방법이다. 당장 해봐야지.

4. 친구 사귀기 작전

일단 이 작전에 가장 필요한 건 자신감이다. 아무리 내가 계획을 완벽하게 준비했다고 한들, 정작 말을 못 걸면 계획이 실행되지 않는다. 하지만, 난 솔직히 내가 자신감이 없다고 생각하지 않는다.

이래 봬도 초등학교에선 부반장도 했었다. 그럼 두 번째는 역시 빌드업. 아무리 자신감이 좋아도 이상한 타이밍에 들어오면 그냥 이상한 놈이 돼 버리고 말 것이다. 적당한 타이밍을 재야 하는데….

이번 창체 시간이 서로 알아가는 시간이랬나? 그때가 가장 좋을 거 같다. 뭐, 멘트 정돈 내가 할 수 있을 거 같다.

"안녕 반가워!"라던가

"우리 친하게 지내자!" 같은 건 필요 없다. 그냥 가서

"무슨 게임 해?" 한 마디면 된다.

'너무 갑작스럽다고?' 그런 거 원래 신경 잘 안 쓴다. 잘 될 거라고 믿는다. 안 되면…. 뭐. 이번 학기는 내 연필 친구 딱딱이랑 놀아야지.

5. 떨리는 시도

후…. 때가 왔다. 다음 시간이 창체 시간이다. 마침 좋은 타겟도 찾아뒀다. 저기 저 둘, 이름은 뭔지 기억 안 나는데 둘이서만 다니고, 내가 하는 게임을 하는 거 같다, 충분히 시도해 볼 만하다.

"자 여러분, 그럼 일단 이번 시간은 자유롭게 돌아다니며 친구들이랑 대화해볼까요?"

선생님의 말씀, 내가 가장 기다리던 말이다. 아니 솔직히 가장까진 아니고, 어쨌든 기다리던 말이다. 내 눈에 들어온 녀석들도 딱히 돌아다니지 않고, 두 명이 대화 중이다. 나는 망설이지 않고 녀석들에게 바로 간다.

"너희 혹시 무슨 게임 하니?"

꽤나 당황스러워하는 눈치다, 역시 이건 좀 아니었나? 인터넷을 믿는 게 아니었는데 하여간 믿을 게 못 된다.

박시우: 우리는 ○○게임 하는데? 왜 같이할래?

'고맙다. 인터넷 믿고 있었다. ㅎㅎ'

김서준: 그거보단 넌 이름이 뭐냐?
나: 나는 최민준이라고 해 너희는?

박시우: 나는 박시우고, 얘는 김서준이야.

김서준: 어쨌든 너도 이 게임 하면 이따가 같이할래?

나: 좋지. 이따 종례 끝나고 보자.

내가 생각한 것보다 더 싱겁게 해결됐다. 뭐 어찌 됐든, 해결됐으니 된 것 아닐까.

6. 불길한 전조

그날 이후 녀석들과 나는 자주 서로 만나면서 친해지게 되었고, 반 아이들과도 대화는 나누는 사이가 되었다. 물론 아직 친하다고 말할만한 건 이 둘뿐이지만. 그런데…. 요즘 뭔가 이상하긴 하다. 나랑 친해지기 전에도 둘이 잘 지냈던 것 같던데, 요즘 들어 자잘한 일로 둘이 자주 싸우는 거 같다. 저번에는 떡볶이 먹다가 국물 튀겼다고 분위기가 험악해지기도 했다. 원래 이 정도는 아니었는데 왜인지 요즘 따라 더 심해진 거 같다. 뭐 그래도 아직까진 별일이 없고, 뭐 무슨 일이라도 나겠어?

7. 터져버린 화약통

등교하고, 아침 시간에 늘 가던 곳에 앉아 녀석들을 기다리고 있는데 어디선가 말소리가 들려왔다. 잔뜩 격양된 목소리, 딱 봐도 화난 목소리다. 그리고 많이 들어본 목소리기도 하다. 목소리의 주인공은⋯. 김서준이다.

가까이 가서 상황을 살펴보았다. 이 자리엔 김서준과 박시우, 그리고 나 외에는 아무도 없어 보인다. 결국 싸우는 건 이 둘인 건데⋯. 지금까진 분위기나 말투만 안 좋았지, 직접 싸우는 일은 없었다.

그렇지만 이 분위기는 달라 보인다. 어이없어 보이는 듯⋯. 김서준을 바라보는 박시우와 그런 박시우를 노려보는 김서준, 무슨 일인지는 몰라도 말리는 게 좋겠다.

김서준: 네가 했잖아.
박시우: 뭐라는 거야. 나 아니라니깐?
김서준: 네가 아니면 누가 했는데?
박시우: 그걸 내가 어떻게 알아!

결국, 박시우도 인상을 구기며 소리쳤다. 일단 무슨 상황인지 물어봐야겠다.

나:　　　무슨 일인데? 왜 이렇게 흥분해있어?

박시우:　아니 내가….

김서준이 내 말을 끊으며 나를 향해 말하기 시작했다.

김서준:　내 사물함에 있던 지갑이 사라졌어, 안 그래도 요즘 내 사
　　　　물함 물건들이 조금씩 사라지는데, 내 사물함 비밀번호는
　　　　재밖에 모른다고!

일단 진정 좀 하고 중재부터 해야겠다.

나:　　　재가 한 게 아닐 수도 있으니까.

김서준:　아니, 하, 모르면 조용히 해봐.

이시우:　진짜 아니라니깐. 끝까지 몰아가네.

나:　　　아니 진정 좀 해보라고.

김서준:　네 일 아니면 좀 입 좀 다물래?

나:　　　말을 뭘 그렇게 해?

김서준:　네 상황도 아니면서 옆에서 자꾸 진정 진정 거리는데 짜증
　　　　안 나냐?

이시우:　일단 네 일 아니니까 가 있어.

나는 살짝 짜증 난 티를 내며 자리로 가 앉았다. 내가 부추기는 것
도 아니고, 막고 싶었던 건데…. 왜 저런 소리를 듣고 내가 힘들어야 하
는 건지 모르겠다. 뭐가 됐든, 오늘은 좀 외로울 거 같다. 쟤네 화해하
긴 하려나?

8. 꽤나 허무한 화해

그 일이 있고 주말이 흘렀다. 살짝 긴장되는 마음으로 학교에 왔는데, 김서준과 박시우가 보이지 않았다. 주말 동안 뭔 일이 있었나 생각하며 자리에 앉아 핸드폰을 보고 있는데 익숙한 목소리가 들려왔다.

김서준과 박시우가 들어오는데…. 쟤네 왜 어깨동무를 하고 있지? 내 눈이 잘못된 건지는 모르겠지만, 화해한 듯 보이는 김서준과 박시우가 보였다. 그리곤 나를 보자 후다닥 달려와선 사과하기 시작했다.

김서준: 미안해…. 저번에는 내가 너무 흥분한 상태였어서….
나: 아니, 그것보단 뭔 일이 있던 거고 어떻게 화해한 거야?

사건의 전말은 이랬다. 김서준이 사물함에 둔 지갑이 사라졌던 거였다. 평소 사물함 자물쇠 비밀번호를 아는 사람은 박시우밖에 없으니 의심하며 싸우니 그렇게 되었고. 막상 집에 가니 지갑이 있어 사과하고 풀었다고 한다. 사과는 어떻게 했냐고 물으니, 그냥 문상(문화상품권) 하나 줬다고 한다…. 약간 허탈감이 든다.

9. 앞으로도

　뭐 이번에는 잘 해결되었다만, 앞으로 이런 일이 얼마나 더 있을지도 모른다. 하지만 이번 일로 배운 점은 있을 거다. 아마도…

　첫 번째는 남을 함부로 의심하지 말자. 그리고 상황을 잘 보고 중재하자. 그래도 전화위복(轉禍爲福)이라 했던가? 그 이후로 우리 사이는 더 돈독해진 거 같다. 그래도 올해는 외롭진 않겠지. 꽤 괜찮은 결과 같다.

Dear
my friend
제희!

· 유혜영 ·

1. 상금 10억

'아무도 없는 늦은 밤, 혼자서 호숫가 근처에서 땅을 파서
숨겨놓은 휴대폰을 찾아 사진을 찍어 오면 상금 10억을 드립니다.'

오늘도 빈둥빈둥 놀다가 지하철 막차를 기다리던 중, 지하철 광고판에 뜬 광고를 보고 백수인 나에게 좋은 기회가 왔다고 생각했다. 보상금이 무려 10억이란다. 물론 상금이 가지고 싶은 건 아니다.

사실 나는 유복한 집안에 태어나서 돈이 그리 궁하지 않다. 가만있어도 돈이 들어오는 건물주 아들에 가업을 물려받을 필요도 없는 둘째다. 그래서 딱히 돈이 필요하지도 일을 할 필요도 없다. 차고 넘치는 게 돈인 걸 뭐 어쩌나.

그렇지만 자퇴 후 몇 년째 변변한 직장도, 그렇다고 아르바이트도 하지 않는 나를 비난하는 가족들의 코를 눌러버릴 절호의 기회다. 내가 갑자기 10억을 떡하니 내놓으면 그 누구든 찍소리도 못할 테니까.

나는 전철에서 내려 곧바로 집에 가서 샤워한 뒤 신청서를 내고 미

리 머릿속으로 땅을 파 휴대폰을 찾을 계획을 대충 짠 다음, 급히 땅을 팔 수 있는 모든 물건을 집 안 구석구석을 샅샅이 찾아 꺼냈다.

그리고 다음 날 해가 질 무렵 나는 땅을 팔 장비들을 챙겨 집을 나섰다. 밤이 되려면 아직 시간이 조금 남았지만, 그래도 가는 시간도 걸리고, 아무리 내 의지가 타오르는 일이어도 밤에 호수에 나가 땅을 파고 휴대폰을 찾는 건 좀 무서운 일이기 때문에 일찍 출발했다. 아마 그 앞에서 고민을 좀 많이 할 것 같다.

어느새 지하철역에 도착했다. 지하철을 타니 사람들의 시선이 신경 쓰인다. 아마 내가 봐도 그럴 것이다. 온갖 장비들을 다 가지고 있고 장화에 우비에 내가 생각해도 이건 과하다 싶으니까. 하지만. 10억이 있는 장소는 호수다. 이 정도는 감수해야 하는 법 그나저나 막차가 아닌 지하철은 정말 오랜만에 타본다 이렇게 사람이 많았구나.

2. 휴대폰

호수 근처에서 서성이다 밤이 되자 곧바로 호수로 향했다.

"무섭지 않아 상금이 10억인걸? 두려움 같은 건 넣어두자고 귀신이나 도깨비 그런 건 사람들이 만든 그저 말장난일 뿐이라고."

나는 호수에 도착했고 곧바로 땅을 파기 시작했다. 땅을 파다가 어떤 상자 하나를 찾았다. 상자를 열어보니 휴대폰이 들어있었다. 그런데 특이한 건 옛날에나 썼던 폴더폰이었다. 뭐 어떠냐. 휴대폰이면 그만이지.

생각보다 빨리 휴대폰을 찾아버린 나는 금세 10억이 들어온다는 생각에 서둘러 내려갈 채비를 했다. 그런데 너무 서두르다 그만 휴대폰을 떨어뜨렸다. 내 손에서 떨어진 휴대폰은 호수로 빠져버렸다. 난 손을 휘적거리며 휴대폰을 꺼냈다. 혹시 휴대폰이 물에 빠져 10억을 받지 못하게 될까 봐 겁이 났다.

그런데 찾아준 성의가 있지 아무리 그래도 돈을 안 주겠는가 생각하며 휴대폰을 찾으면 오라고 했던 집으로 갔다. 집이 참 크다. 벨을 누르고 기다렸다. 벨을 누르고 기다리는데 한참 동안 나오질 않는다. 아마 집이 너무 커서 나오는 데 시간이 오래 걸리나 보다.

어떤 할머니가 나와서 문을 열어줬다. 그 사람은 내 머리끝부터 발끝까지 훑어보곤 대뜸 나에게 '제희'라는 사람의 친구냐고 물었다. 난 그 사람이 누구인지도 모르는데 얼버무리며 대답한 후 집 안으로 들어갔다.

집 안에는 번쩍번쩍 빛이 나는 물건들이 많이 있었고, 거기엔 눈에

띄는 사람이 한 명 있었다. 물론 좋은 쪽으로. 번쩍번쩍 빛나는 물건들에 걸맞은 빛나는 외모다.

나는 휴대폰을 내밀었다. 그는 말없이 휴대폰을 받았다. 나는 생각보다 쉽게 진행된 일에 계좌번호를 적은 종이를 내밀었다. 그리곤 곧 내가 받을 10억 생각에 한껏 들떠있었다.

3. 기억상실증에 걸린 사람

"시간 있으면 휴대폰 찾은 곳에 같이 좀 가 줄래요?"

그가 대뜸 호수에 같이 가자고 했다. 난 집에 들어가기 싫어서 그러자고 했다. 그리고 그 호수로 찾아갔다. 잔잔한 호수 위에 내려앉은 별빛이 예뻤다. 그때 문득 궁금했다. 사지 멀쩡한 사람이 호숫길도 다 알면서, 특이하게 폴더폰을 가져오라고 하는 이 사람은 도대체 뭐 하는 사람일까 궁금했다. 그래서 물었다.

그의 이야기를 듣다 보니 정말 신기한 사람이다. 기억상실증에 걸린 척을 하는 사람이다. 핸드폰을 묻은 날부터 기억상실증인 척을 한다고. 그래서 휴대폰을 못 가져온다고 했다. 휴대폰은 정말 소중한 물건이라고 했다. 소중한 사람과 나눈 마지막 인사가 휴대폰 안에 있다고, 소중한 보물이라고 했다. 왜 사람을 속이는지 물어봤다.

"난 다 가졌다고 생각했는데 하나가 엉망이더라고요. 인간관계가 엉망이에요. 그런 모습은 나와는 어울리지 않는다고 생각했어요. 그래서 친구가 많은 척 거짓말을 하고 다녔는데 그러다 사고를 당한 거죠. 그래서 기억상실증에 걸린 거예요."

"처음부터 기억상실증에 걸린 척 속이려던 건 아니었어요. 처음엔 진짜 아무것도 기억이 안 났는데 시간이 지나니깐 생각이 나더라고요. 그런데 그 생각이 싫어서 그냥 계속 기억을 잃은 것처럼 한 거예요. 그냥 그런 척만 한 건데 일이 커졌어요. 그래서 덮을 수가 없었어요."

동정심이 느껴졌다. 그래서 나는 말했다.

"당신도 저만큼 불쌍하네요. 저는 자퇴했어요. 사고를 친 건 아니고, 저는 공부도 열심히 했는데 친구가 없었어요. 그러다 뜬 소문이 돌더라고요. 마땅한 친구도 없고, 그렇다고 날 믿어주는 가족도 없는데 제가 누굴 잡고 변명을 했을까요. 그래서 그냥 나왔어요. 그동안 나를 비호해주던 100점짜리 성적도 다 버린 채 포기할 수밖에 없었어요."

"그럼 비밀도 고민도 나눈 사이인데 저랑 친구 하는 거 어때요? 제 이름은 김제희에요."

난 그 제안을 받아들일 수밖에 없었다. 나도 친구가 필요했다.

"저는 이하늘이에요."

우리는 어느새 비밀과 고민을 나누는 사이가 됐고, 우리는 그렇게 친구가 됐다. 10억은 나중에 받기로 했다. 원래 이 일에 뛰어든 목적은 돈이었는데 돈보다 값비싼 친구를 얻었으니 괜찮았다.

4. 친구가 되다

우리는 매주 일요일, 월요일 2시에 만나기로 했다. 같이 영화도 보고 도서관도 가고 놀이공원에도 갔다. 원래부터 하나인 듯 우린 아주 잘 맞았다. 내 친구로 아주 딱이었다. 우리는 잠들기 전까지 전화하며 마냥 즐거웠다. 우린 그렇게 쭉 좋을 줄만 알았다. 남들처럼 10년 우정, 20년 우정의 주인공이 우리가 될 줄 알았다. 그 사건이 있기 전까지.

사건은 그가 데려온 지인 때문이었다. 어느 날 그가 지인을 소개해 준다고 했다. 그의 얼굴을 봤다. 내가 아주 잘 아는 사람이다. 물론 안 좋은 기억 쪽으로. 그와 나는 같은 학교에 다녔었다. 그는 바로 나에 대해 안 좋은 소문을 내던 사람이다.

그에게 나는 왜 미움을 샀을까? 나는 그저 공부만 하고 스스로 괜찮은 사람이라고 끊임없이 자신을 변호하던 사람이었을 뿐인데 나의 무엇이 그렇게 거슬렸을까? 아직도 이해가 되지 않는다. 내게 친구가 없는 게 싫었을까? 잘못 없는 내 잘못을 들추어 괜히 꼬집어 본다.

난 그저 그런 사람이 그와 지인인 게 몹시 싫었다. 그와는 어울리지 않는 사람이다. 그래서 사실대로 그 사람이 소문을 낸 사람이라고 말했다. 그런데 그는 그냥 신경 쓰지 말라고 말했다. 그리곤 자기도 무의식적으로 나온 말인지 아차 싶어 변명하려고 했다.

그의 대답과 태도에 나는 몹시 실망했다. 그 사람은 내 소문을 낸 사람이고, 그 사람이 그와 잘 아는 사이다. 그리고 그는 나와 친구다. 그런데 내가 어떻게 신경을 쓰지 않을 수가 있나. 그는 남한테 상처 주고 한 사람 인생을 망쳐놓고 친구에게 상처를 준 사람을 보고 신경 쓰지 말라고 했다. 친구에게 상처를 입힌 사람이 신경이 안 쓰일 수 있다고 생각하다니 이제 그도 다른 사람과 똑같다.

난 무엇보다 그 사람 때문에 그가 상처받을 수 있다는 게 싫었다. 얼굴이 붉어지고 온몸이 심장처럼 뛰는 것 같았다. 젖은 행주를 짜듯 나를 짜면 눈물이 뚝뚝 떨어질 것 같다. 난 그에게 실망했다. 그래서 그냥 집을 나왔다. 그가 나를 따라오며 해명하려고 했는데 어느 것도 귀에 들리질 않았다.

애초에 저런 사람이랑 친구 같은 걸 하는 게 아니었는데…. 하는 생각이 들었고 너무 실망스러운 마음에 그를 두고 뛰쳐나왔다. 그 후로 한 달간 연락하지 않았다. 괜히 정을 줬다가 실망을 했다고 후회했다.

한 달 동안 난 마음 정리를 했다. 난 그에게 실망한 거지 그가 싫지 않았다. 그도 지금쯤 나에게 미안해하고 있을 거라고 생각했다.

5. 한 달 후

한 달 후 그의 집으로 찾아갔다. 익숙하게 초인종을 누르고 할머니께 인사를 드렸다. 그날 왠지 집안 공기가 무거웠다. 할머니가 제희가 기억상실증에 걸려버렸다고 그날, 날 따라 나오다가 육교에서 넘어져 기억을 잃었다고 말씀하셨다. 처음엔 그 말을 믿을 수 없었다. 그런데 할머니의 눈을 보니 그 말이 사실이라는 것을 알 수 있었다. 그때 내 어깨 위로 죄책감이 날 짓누르는 기분이 들었다.

도저히 믿을 수 없어서 그의 앞에 찾아가 나를 알지 않냐고 몇 번이고 물었다. 혹시 모른다. 그가 저번처럼 기억을 잃어버린 척 거짓말을 하는 거라면. 하지만 그런 날 보는 그의 시선은 얼어버릴 것처럼 차가웠다. 거짓말이 아니다. 나는 도저히 믿을 수가 없었다. 아니 믿고 싶지 않았다. 차가운 그의 눈에 비친 내 모습과 나를 잊어버렸다는 말이 굉장히 두려웠다. 그의 눈에는 아직도 내가 이렇게 보이는데 나를 잊었다는 게 두려웠다.

제희 집을 뛰쳐나왔다. 아니 난 도망쳤다. 집으로 가는데 땅에 발을 내디딜 때마다 작아지는 기분이다. 차라리 이대로 작아지다가 땅에 흙이 되었으면, 아예 나라는 사람이 없어져서 그의 기억 속에도 내 기억 속에도 나와 함께 했던 자리가 없었으면 했다.

그리고 그가 정말로 기억을 잃은 후 한 달 동안은 신기하게도 내 기억이 거의 없다. 그도 그럴 것이 '난 이렇게 산다'가 아니라 '사람이 이렇게도 살 수 있다'가 어울리는 상황이었기 때문이다.

내가 유일하게 난 괜찮은 사람이라고 나 자신을 변호할 수 있었던 사람이었으니 물론, 그는 다 잊었겠지만. 그냥 더러우면 씻고, 추우면 옷을 입고 그냥 평범한 삶을 살았다. 그저 인간의 욕구에만 충실한, 마치 감정을 잃어버린 사람처럼 말이다. 그렇게 살다가 그가 그랬던 것처럼 그와 있던 모든 일을 잊어버리고 싶었다.

괜히 웃음이 나왔다. 그는 기억을 잃었고, 난 그게 뭐가 두려워 그의 기억을 돌릴 생각은 하지 못하고 도망쳤을까. 난 지독한 겁쟁이다. 물론 죄책감도 있었다. 그가 기억을 잃은 건 나 때문이다. 그가 기억을 찾고 날 찾으면 미안하다고 해야지. 그렇게 한참을 멍하니 앉아 눈물을 흘렸다. 그리고 그가 기억을 잃은 후 첫 번째로 내가 느낀 인간다운 감정이었다.

6. 작가가 되기로 마음을 먹다

작가가 되겠다고 마음먹은 건 한순간이었다. 그냥 거리를 걷다가 어느 한 낡은 책방에 들어갔는데 본 한 낡은 책, 내용은 기억이 나질 않는다. 하지만, 기억을 잃은 척했다가 정말 기억을 잃어버린 그와 비슷한 이야기였다.

내가 사무실을 차리겠다고 빈방을 하나 얻어달라고 했을 때 내 부모님은 나를 믿지 못하는 눈치였다 그래서 나에게 신뢰가 떨어진 부모님 대신 동생이 작은 사무실을 하나 얻어주었고, 그곳에서 나는 아주 작은 사무실 열었다. 이름은 그와 처음 이야기했던 곳의 이름을 따 '호수'로 지었다. 그리고 내가 그를 찾아갈 수 있었던 것처럼 지하철 광고판에 광고를 넣었다. 그가 보고 찾아왔으면 해서 말이다.

함께 지내던 시간 동안 난 그에게 많은 것을 받았다. 첫째는 부자인 사람에게도 동정의 시선을 가질 수 있다는 생각. 둘째는 휴대폰 번호, 그는 휴대폰 전화번호를 아무에게나 주지 않는다고 했다.

내가 그에게 아무가 아닌 사람이 된 것과 그로 인해 문자와 전화를 하며 얻은 추억들과 선물들. 그렇지만 조금은 후회했다. 기억은 잊어버리면 그만이지만 물건은 아니다. 계속해서 그를 잊으려는 내게 그 물건들은 걸림돌이 되었다.

그 뒤로는 그에게 있던 이야기를 쓰는데 많은 시간을 보냈다. 그 이야기를 여기에 다 풀어 넣으면 그를 잊을 거란 바보스러운 생각을 하며 글을 쓰는 데 매진했다. 필명은 sky로 지었다.

그렇게 살다가 벌써 오랜 시간이 지났다. 내가 그를 만난 지도 벌써 1년 정도의 시간이 지났다. 이상하게도 그를 잊으려 했던 나는 그에게 있던 이야기를 쓰며 그와 더 가까워진 느낌이 들었다.

사무실 안에서 가만히 지는 해를 보며 계절 끝자락을 보고 있자니 기분이 나쁘지만은 않다. 글쓰기에 집중하다 보니 벌써 시간이 이리 흘렀다. 그 흔한 지하철 광고조차 보지 않는 게, 기억하지 못하는 게 참 그다운 행동이다. 그런데 갑자기 이렇게 그를 잊는 걸까? 하는 생각이 문득 들었다.

7. Dear my friend 제희!

1년이 지나고 계절이 여러 번 바뀌는데 그에게서는 아무런 연락이 없었다. 절망을 이겨내기란 쉽지 않다. 그래서 오랜만에 텔레비전을 켰다. 무언가의 소리조차 없다면 도무지 버틸 수 없을 것 같았다. 그러다 문득 텔레비전을 보니 옛날에 보던 만화가 나왔다.

만화 오른쪽 위에 보이는 '7'이라는 연령제한 숫자가 내 고개를 숙이게 만들었다. 7살도 17살도 아마 27살도 인간관계는 왜 이리 어려운 것인지…. 나이 같은 건 먹으면 먹을수록 사람을 비참하게 만든다.

사람들이 내 글을 점점 좋아하고 나도 나이를 많이 먹었다. 사람들이 그와 나의 작은 이야기를 좋아한다는 게 그저 좋았다. 그리고 그를 닮은 미소를 보이는 친구도 많이 생겼다가 그리고 드디어 책을 출판했다.

나는 그의 주변을 맴돌았다. 매일 걸으면서 혹시 그를 만날까 하는 희망을 품고 말이다. 난 아직도 마음을 비우지 못했다. 그가 나를 잊어도 그가 나의 소중한 사람이란 건 분명하다. 그래서 보고 싶다. 그런데 다가갈 수 없다. 그 거짓말이 다시 듣고 싶다.

출판한 책을 그의 집 현관 아래 밀어 넣었다. 짧은 손편지와 함께. 그것은 내가 할 수 있던 최고의 선택이었다. 이걸로 그에 대한 나의 미련은 끝이 났다.

"Dear my friend 제희!

난 스쳐 가는 바람이야, 그리고 넌 내 최고의 친구야. −sky"

이기적

· 이수아 ·

1. 나로 말할 것 같으면

나는 공부를 잘하는 20살 대학생이다. 어렸을 때부터 영어를 잘했었고 커 가면서 공부에 재미가 들려서 공부도 열심히 했다. 중학생 때부터 나는 항상 전교 1등, 어느 대회에 나가도 항상 1등을 했다. 수능도 만점, 대학교도 수석 입학. 그래서 내 별명은 1등 공신이다.

그런데 그 별명이 나에게는 정말 스트레스다. 1등을 하지 못하면 부모님께 정말 혼나기 때문에 나는 1등을 해야 한다. 초등학생 때 한번 수학 시험에서 2등을 한 적이 있었는데 그때 부모님께서 나의 종아리를 2시간 동안 때리셨다. 그때의 그 기억 때문에 나는 무조건 1등을 해야만 불안감에서 빠져나올 수 있었다.

2. 17살 때

나는 대한민국에서 알아주는 명문 고등학교에 수석으로 입학했다. 어렸을 때부터 공부를 잘했던 탓에 고등학교에서도 1등은 내가 할 줄 알았다. 3월에 첫 모의고사를 봤다. 고등학교에 가기 전 나는 모의고사 문제를 많이 풀어보았고, 항상 100점을 맞아서 당연히 나에게 모의고사는 식은 죽 먹기일 줄 알았다.

2주 뒤 결과가 나왔다. 선생님께서 번호순으로 성적표를 나눠주셨다. 나는 성적표를 받고 나서 눈살을 찌푸렸다.

'어떻게 내가 1등이 아니고 2등일 수가 있지?'

손이 사시나무처럼 벌벌 떨리고 화가 머리끝까지 올랐다. 도대체 누가 1등일까? 선생님께서 성적표에 이상이 있는 것 같은 학생은 쉬는 시간이 끝나고 교무실로 찾아오라고 말씀하셨다.

선생님께서 그 말씀을 하신 뒤로 바로 수업이 시작됐다. 이번 시간은 역사였다. 역사는 내가 가장 좋아하는 과목인데 오늘은 어떠한 내용도 내 머릿속에 들어오질 않았다. 나는 50분이라는 시간이 굉장히 느리게 흘러가는 것 같았다. 종이 치고 반 아이들은 자신이 몇 등급인지 서로 말하기 바빴다. 나는 서둘러 교무실로 가려고 했지만 어떤 한 아이가 갑자기 나에게 등수를 물어보았다.

"보영아, 네가 이번 모의고사 1등이지?"

다른 아이들은 너는 무슨 당연한 걸 물어보냐고 나에게 등수를 물어

본 아이를 나무랐다. 나는 아이들에게 어떠한 대답도 해주지 못하고 교무실로 달려갔다. 나는 선생님께 내가 왜 2등인지 물어보았다. 선생님께서,

"보영아, 너 이번에 역사에서 한 문제 틀렸더라, 왜 그랬어? 잘하는 애가. 다음번에는 실수하지 않게 더 열심히 공부하렴."

선생님의 말씀을 듣자마자 나는 눈시울이 붉어졌다. 선생님께 인사를 드리고 재빨리 교무실에서 나왔다. 다음 시간을 알리는 종이 쳤다. 오늘따라 종소리가 왜 이렇게 듣기 거북한지 나는 귀를 막았다. 어차피 지금 반에 들어가도 수업에 집중하지 못할 것 같아서 학교 옥상에 올라갔다. 옥상 문을 열자마자 눈물이 쏟아져 내렸다.

울다 보니 집에 가기가 너무 무서워졌다. 2등인 성적표를 들고 가면 부모님께 얼마나 맞을지 상상이 되질 않았다. 맑았던 날씨가 갑자기 어두워졌다. 빗방울이 조금씩 내리다가 어느 순간 마구 쏟아져 내렸다. 나는 욕을 내뱉으면서 재빨리 건물로 들어갔다. 그런데 갑자기 등이 싸해졌다. 아까 받은 큰 충격 때문에 옥상에 나 말고 또 다른 누군가가 있었는지 확인을 못 했었다.

'누군가가 나를 봤으면 어떡하지?'

불안한 생각에 나는 손톱을 물어뜯으며 불안감에 싸여있었다. 하지만 시간이 계속 지나도 아무도 나오질 않았다. 나는 숨을 몰아쉬고 화장실에 가서 내 모습을 정돈했다.

2교시가 끝난 후 나는 반으로 돌아갔다. 아이들은 수업에 들어오지 않은 나를 걱정해주었다. 잠깐 머리가 아파서 보건실에서 쉬다가 왔다

고 하니 아이들은 그제야 다들 각자 자기 할 일을 했다. 근데 갑자기 아까 나의 등수를 물어본 아이가 또다시 질문을 해왔다.

"보영아, 너 이번 모의고사 2등이야?"

반 아이들은 자신이 하던 일을 멈추고 다들 나를 쳐다보았다.

"어 맞아. 이번에 컨디션이 안 좋아서 역사에서 하나를 틀렸더라고"

아이들은 나에게 다가와 위로를 해주었다. 나는 애들에게 내 등수를 들킨 게 너무 쪽팔렸다. 누군가가 갑자기 내 책상 위에 이온음료를 올려놨다. 나는 그게 누군지 보려고 얼굴을 들자 나에게 반갑게 인사를 했다.

"안녕, 나는 이준혁이야. 내가 이번 모의고사 1등 했어."

나는 그에게 인사를 받자마자 식었던 화가 다시 올라올 것 같았다. 그래도 나는 살갑게 그 인사를 받아쳤다.

"정말 축하해 1등 한 거."

그 남자애는 내 인사를 듣고 귀가 빨개졌다. 그 당시에 나는 그 아이가 나를 좋아해서 귀가 빨개진 줄 몰랐다.

3. 자격지심

성적표를 받은 날, 나는 집에 들어가기 싫었지만 어쩔 수 없이 들어 갔다. 부모님께서는 내가 집에 들어오자마자 성적표를 달라고 하셨다. 나는 부모님께 성적표를 드리고 재빨리 방에 들어왔다. 심장이 너무 빨리 뛰었다.

5분 뒤, 부모님께서 내 이름을 크게 불렀다. 나는 깜짝 놀라 주저앉 아 버렸다. 심호흡한 뒤 조심스럽게 방문을 열었다. 부모님께서는 나에 게 종아리를 걷으라고 하셨다. 나는 정말 맞기 싫었지만 어쩔 수 없이 종아리를 걷었다. 오랜만에 맞으니 너무 아팠다. 부모님께서는 밤새도 록 내 종아리를 때리셨다.

다음날 나는 정말 학교에 가기 싫었다. 다리도 너무 아팠고, 무엇보다 도 이번에 1등을 한 이준혁의 얼굴을 보고 싶지 않았기 때문이다. 하지만 그런 이유로 학교를 빠질 수는 없기 때문에 어쩔 수 없이 학교에 갔다.

반에 들어가니 내 책상 위에 이온음료가 올려져 있었다. 나는 짝꿍 에게 이거 누가 놓고 갔는지 물어보았는데 이준혁이 올려놓고 갔다고 알려주었다. 이준혁의 이름을 듣자마자 짜증이 나서 바로 그 자리에서 버리고 싶었지만 그러면 애들이 나를 이상한 애 취급을 할까 봐 화장 실에 가서 버렸다.

나는 이런 이준혁의 행동이 마음에 안 들어서 이준혁의 반에 찾아 갔다. 반에 찾아가서 이준혁을 부르니 이준혁의 친구들이 환호성을 지르면 이준혁을 놀렸다. 이준혁은 얼굴이 빨개져서 어쩔 줄 몰라 했다. 그래서 나는 다시 한 번 이름을 부르고 잠시 얘기 좀 하자고 말했다.

나는 이준혁을 데리고 옥상으로 갔다. 이준혁에게 왜 음료를 줬냐고 물어보니 사실 나를 중학생 때부터 좋아했다고 말했다. 그 말을 듣고 나는 조금 벙쪄있었다. 내가 아무 반응이 없으니 걔는 자신의 말을 이어 갔다.

중학생 때는 뚱뚱해서 나를 뒤에서만 바라보고 좋아했었는데, 고등학생이 되고 나서 나에게 다가오고 싶어서 살을 뺐다고 말해줬다. 나는 그 말을 듣고 더욱 벙쪘다.

이준혁은 부담가지라고 한 말이 아니니 자신의 진심만을 알아줬으면 한다고 말했다. 나는 일단 알겠다고 하고 옥상에서 먼저 내려왔다.

학교가 끝나고 집으로 돌아가는 길에 나는 이준혁이 나를 왜 좋아하는지 생각해보았다. 그리고 이준혁이 나를 좋아하는 점을 이용해 이준혁의 성적을 떨어뜨릴 방법만 계속 생각했다. 골똘히 생각하면서 골목길에 들어가려는 순간 골목길에서 비명소리가 들려왔다.

나는 너무 무서워서 그냥 다른 길로 갈까 생각했지만 그래도 도와줘야겠다는 마음이 들어서 아무 소리도 내지 않고 골목길로 조심히 들어갔다. 들어가 보니 온봄에 피가 흐르고 있는 사람이 기절해있었다. 누군지 살펴보려고 가까이 다가가서 보니 이준혁이었다. 나는 순간 너무 놀라서 비명을 지를 뻔했다. 이준혁이 죽을까 봐 재빨리 119를 부르려고 번호를 누르는 순간 머릿속에 생각이 하나 떠올랐다.

'이준혁만 없으면 내가 계속 1등 할 수 있잖아, 얘만 없으면 부모님

께 안 맞을 수 있어.'

나는 그냥 그 자리에서 재빨리 도망쳐 나왔다.

다음날 학교 조회 시간에 담임선생님께서 어제 하교 후 이준혁을 본 사람은 교무실로 오라고 말씀하셨다. 나는 손이 벌벌 떨려왔다. 하지만 바로 아무렇지 않은 척 공부를 했다. 선생님께서 반을 나가시자 친한 애들끼리 모여서 이준혁에 관해 얘기를 했다. 나는 이준혁의 이름을 계속 들으니 죄책감이 들어서 그냥 책상에 누워있었다.

'설마 내가 이준혁 보고도 안 도와준 거 들키지는 않겠지?'

종례시간에 담임선생님께서 준혁이가 죽었으니 장례식장에 다들 찾아가 보라고 말씀하시고 문자로 장소를 보내주셨다. 애들은 다들 장례식장을 찾아갔지만 나는 가지 않았다. 가 봤자 죄책감만 더 들고 좋을 게 하나 없기 때문이다.

4. 19살의 끝, 20살의 시작

이준혁이 죽은 이후로 나는 계속 1등을 했다. 계속 1등을 하니 부모님께 맞지도 않고 너무 행복했다. 이준혁이 사라지니까 모든 일이 잘 풀리는 것 같았다. 그리고 시간이 지날수록 죄책감도 사라졌다. 이준혁이 죽은 이후로 계속 1등을 유지해서 내신도 높고 생기부도 좋게 써져서 나는 좋은 대학에 수석으로 입학할 수 있게 되었다.

나 때문에 사람이 죽었는데 이렇게나 빨리 죄책감이 사라지다니 내가 생각해도 나는 정말 이기적인 것 같다.

1352호
개미의
여정

· 김의찬 ·

1. 프롤로그

등장인물 – 1352호(개미)

서술자 – 1352호 개미(1인칭 주인공 시점)

배경 – (시간) 2020년 4월~

　　　(공간) 산과 집을 오가는 중의 모든 장소

　산 등산로 옆 나무 밑에 자리 잡고 있는 한 개미집에서 공주 개미 1352호가 태어났다. 1352호 공주 개미는 태어나면서부터 주변 개미들로부터 살아가는 데 필요한 많은 것들을 배우고 알게 된다.

　4월 중순이 되자 1352호 개미는 혼인비행을 하게 된다. 바로 기다란 풀 위에 힘겹게 올라가 날 준비를 하게 된다.

　그런데…. 그때 갑자기 커다란 무언가에 잡히는데….

　눈을 떴을 때는 깜짝 놀라 몸이 굳어버렸고, 더듬이만 겨우 움직이고 있었다. 여긴 어디지? 앞으로 나는 어떻게 해야 하지?

　여기까지는 산 등산로 옆 나무 밑에 자리 잡고 있는 한 개미집에서

태어난 공주 개미 1352호의 성장 과정 1의 이야기이다. 이제부터는 다시 산으로 돌아가기까지에 대한 1352호 개미의 여정에 관한 이야기를 들어보자.

2. 1352호 개미 태어나다

어느 한적한 산길 등산로 옆 나무 밑에서 또 한 생명이 태어났다. 그 개미의 이름은 1352호. 태어나자마자 이름이 붙여졌다.

"자~ 자~ 방금 태어난 개미들은 저기 입구 쪽으로 이동해 주세요."

"자~ 빨리빨리!"

나는 지금 너무 혼란스럽다….

'지금 이게 무슨 뭔 상황이지?'

'여긴 어디지?'

나는 본능에 끌려 입구란 곳으로 걸어나갔다. 입구에 다다르자 길게 뻗은 내부구조가 드러났다. 그곳 양쪽 벽면에는 여러 개의 방이 있었다. 그것도 셀 수도 없을 만큼 많은 방이 배치된 듯했다.

그곳에 들어서자마자 나처럼 날개가 달린 개체들이 날아와 내 눈앞을 가렸다. 그때 누군가 옆구리를 툭 쳤다.

"뭐~~ 뭐야?"

내가 말했다.

그러자 나와는 다르게 날개가 달리지 않은 개미가 서서 말했다.

"얘! 빨리 1352호 방으로 들어오지 않고 뭐 하고 있니?"

"한참 찾았잖아. 키에…. 켁…."

나는 영문도 모른 채 숨을 헐떡이던 그 개미의 손에 끌려 1352호라는 중간쯤에 배치된 방으로 들어갔다. 방에 들어가자 작은 책상 하나가 눈에 들어왔다.

"거기 앉아."

나를 데리고 간 날개가 없는 개미가 말했다.

그 방 안에는 나 말고 다른 개미는 없었다.

"왜 저밖에 없는 거죠?"

"지금 뭐가 뭔지 모르겠네요…"

나지막한 목소리로 내가 말했다.

"지금부터 제9회 공주 개미 교육을 시작하겠다. 1352는 지금 뭐가 뭔지 모르는 건 당연하다. 지금부터 내가 설명해주도록 하겠다."

"너는 이 개미 왕국의 1352번째 공주 개미로 태어났다. 그건 알겠지? 따라서 너는 개미 왕국 법률 제8번째 조항에 따라, 며칠 뒤 결혼비행을 통해 어디든 흙이 있는 곳에 정착해야 한다. 그곳에서 너는 여왕개미가 되어 또 하나의 개미 왕국을 만들어야 한다."

"제…. 제가요?"

"그래, 1352호 네가."

"그런데 요즘 들어 인간들의 움직임이 심상치 않다. 마치 공주 개미들이 결혼비행을 한다는 것을 안다는 듯이…. 저번처럼…."

"네?"

"아~ 아니야. 어쨌든 이제 내가 설명해준 절차에 따라 너는 여왕개미가 되기까지 노력하면 된다. 9월 중순쯤 겨울이 오기 전에 결혼비행을 하게 되니까 그때까지 잘 준비하라고. 그동안은 여기 이 방에서 지내면 된다."

3. 여왕개미가 되기 위해

그래서 나는 몇 개월 정도 이곳에 머물렀다. 결혼비행이 막연하고 무섭기도 했지만, 한편으론 기대도 되었다. 이곳에 머무르는 동안 개미 왕국을 둘러보기도 하고 일개미들이 일하는 모습도 지켜보았다.

또, 여기서 지내는 동안 여치요리며 애벌레요리 등 갖가지 음식들을 먹었는데 나름 맛있는 요리였다. 아, 또 친구도 사귀었는데, 나와 같은 때에 태어난 1292호였다. 1292호와는 오전에 있는 공주 개미 교육이 끝나면 매일 같이 만나 이런저런 이야기도 나누고 밥도 같이 먹었다.

1292호는 날마다 여러 가지 얘기를 했다. 얘기를 나눌 때마다 1292호는 자신은 훌륭한 여왕개미가 될 것이라고 했다. 그래서 결혼비행이 너무 기대된다면서 호들갑스럽게 수다를 떨었다.

1292호처럼 말 많은 개미는 처음 봤다. 가끔은 시끄럽고 지겹고 그래도 나에겐 나와 솔직하게 대화할 수 있는 단 하나뿐인 친구이다.

이제 내일이면 결혼비행 날이다. '내일을 위해 푹 쉬어야지' 생각하며 나는 약간 긴장된 얼굴로 잠들었다.

드디어 오늘이 결혼비행의 날이다. 1352호는 개미 왕국 바깥세상에 처음 나와 보는 것이라 그런지 느낌이 새로웠다. 지금까지 배운 공주 개미 교육에서 '비행은 좋은 날인 동시에 위험한 날'일 수도 있다고 명시되어 있다. 왜냐하면, 인간들이 우리 공주 개미들을 잡으러 많이 오는 기간이기 때문이다.

그래도 그런 일이 일어날 확률은 매우 적기 때문에 걱정하지 말라고 1292호가 나에게 말해주었다.

'아! 나도 이제 진짜 여왕개미가 되러 간다.'

많은 공주 개미들이 서로 높은 풀잎에 올라가려고 벌써 애쓰며 경쟁하고 있다. 처음엔 낯선 바깥 환경이라서 그런지 입구 쪽을 맴돌았던 공주 개미와 수개미들이다.

'나도 빨리 좋은 자리를 차지해야지!'

그렇게 나는 가장 높은 풀잎으로 올랐다!

드디어 나는구나 생각하며 1352호는 눈을 감았다가 떴다. 그런데 밝았던 주변이 갑자기 짙은 그림자로 덮였다.

'!?'

갑자기 개미들이 비명을 지르기 시작했다.

"키에엑! 키에에엑! 켁!?"

"도망쳐! 빨리 도망치라고! 지금 안가면 다 잡혀!"

일하고 있던 일개미들이 소리쳤다.

우주

· 빈다현 ·

우주란 무엇일까? '우주'라는 말을 생각해보면 가장 먼저 떠오르는 단어는 '공허함'이라고 생각한다. 어떠한 생물도 살지 않고 항상 고요하고 빛나는, 궁금증을 만드는 그것을, 난 우주라고 생각한다.

우주는 정말 신비롭고, 나 자신에게 의문을 가지게. 또, 의문을 던지게 한다. 만약, 내가 우주에 가게 된다면 그곳에서는 어떤 일들이 일어날까? 그곳에 간다면 느낌은 어떨지 궁금하다.

내가 모르는 우주는 어떻게 생겼을까? 나는 깊은 생각에 잠겼다. 그리고 결심했다. 이 궁금증을 풀기 위해 우주에 가겠다고….

눈을 떴다. 눈을 뜨자 보이는 곳은 신비로운 숲이었다.

'이곳은 요정의 숲인가?'

푸릇푸릇한 나뭇잎들은 초록빛과 분홍빛을 조화롭게 띠고 있었다. 바람은 여느 때보다 부드럽고 포근해서 나를 감싸 안는 것만 같았다. 순간 나는 많은 생각이 들었다. 그리고 이 순간에도 나는 궁금해졌다. 저 끝에 있는 우주란 곳은 어떤 곳일까?(이때가 내가 우주에 대한 첫 의문을 갖게 된 때였다)

잠시 생각에 잠길 때쯤 누군가 말을 걸었다.

"안녕? 이 숲의 요정 댜요라고 해. 나와 얘기하지 않을래? 너는 누구야?"

다짜고짜 얘기하지 않을래? 라니…. 경계심이 드는 동시에 흥미가 생겼다.

"나는 다우라고 해."

"음 그럼 질문 하나 해도 될까?"

"응"

"혹시 넌 우주에 대해 어떻게 생각해?"

나는 오늘 우주에 대한 의문이 든 것에 대해 질문을 했다.

"오오! 우주라…. 어려운 질문이네. 나는 우주란 곳이 매우 흥미로운 곳이라고 생각해. 왜냐하면, 나의 마음을 공허하지 않게 채울 수 있는 곳이라고 생각하거든. 주변에는 반짝이는 별들이 많으니까! 그리고 넓고 어두컴컴한 곳에서 내 생각을 표현해내고 정리할 수 있다고 생각하면 말이야."

"… 각자 생각들이 다르겠지만 대부분 그냥 공허한 곳이라고 생각할 수도 있는 곳이지만, 나는 공허한 곳이라고 생각하지 않아! 그리고, 우주는 넓어서 공허할 수도 있겠지만, 넓은 만큼 채울 수 있는 곳도 많거든. 작으면 공허함도 있겠지만, 한편으로는 채울 것이 없는 것이 공허할 것 같기도 해."

"음…. 그렇구나! 요정님과 우주에 가면 뭔가 다를 것 같아!"

우주 • 빈다현

"하하, 그래?"

"우리 조금 걸을까?"

"응!"

터벅터벅

그때 요정 숲의 나무들은 나의 기분을 아는 듯, 나에게 툭툭 감정을 털어놓으라는 듯 나뭇잎들이 시원하게 스쳐 지나갔다.

살면서 느꼈던 그 어느 때보다 마음이 탁 트이는 것을 느꼈다.

"나는 매일 하루하루 살아가기 벅찼었는데, 너와 만나고 보니 나의 삶이 더 나은 방향으로 갈 수 있을 거 같아. 정말 나의 심정을 다 털어낼 수 있을 것만 같은 사람을 친구라고 하나?"

"음 물론 댜요는 요정이지만…."

"나는 항상 의문을 품고 살았는데. 하지만 아무도 내 얘기를 들어주지 않았고, 나의 기대에 미치지 못했었어. 나의 이야기를 진지하게 들어주고 대답해주는 사람을 만나는 건 정말 뜻깊은 일인 것 같아."

"응! 나도 너와 만나게 돼서 뜻깊은 것 같아."

"음…. 그럼 나와 함께 우주에 가보지 않을래? 인생에서 잊을 수 없는 순간을 같이 만드는 거야! 너의 생각은 어때? 우주에 가는 것은 엄청난 일이지. 그래서 너와 함께 가서 경험해보고 싶어. 내가 너에게 줄 수 있는 최고의 선물이 무엇일까 생각했어. 우리 요정들은 인생의 처음이자, 마지막으로 딱 한 가지의 소원을 빌 수 있어."

다요는 소원에 대한 말을 다시 이었다.

"하지만, 자신의 욕심과 불행을 부르는 소원들은 빌 수 없어. 그리고 중요한 말은 따로 있어. 비현실적인 일은 이루어질 수도 없어. 예를 들면, 7살 때로 돌아간다거나 죽은 생명을 되살리는 거 같이 말이야. 소원은 한 번만 들어주기 때문에, 잘못 소원을 빌면 이룰 수 없어. 이 소원을 써야 할지… 많이 고민했지만 너에게 보답을 해주고 싶어. 네가 우주라는 곳이 공허하지만은 않다는 것을 알게 해주고 싶어."

"인생의 후회 없는 소원… 그래. 난 지금 너와 우주를 가는 것이 후회 없는 선택이야. 후… 밤이 왔으니 잠시 앉아서 수다나 떨까? 시간이 지났으니 물어보는 건데 너는 아직도 우주를 공허한 곳이라고 생각하고 있니?"

"나는 직접 보는 것이 아니라면 믿지 않는 편이지만 네가 한 말이라면 믿을 수 있을 것 같아."

"그래? 너도 참 재밌다. 네가 우주에 직접 가게 되면 내 말의 뜻을 이해할 수 있을 거야. 그렇게 공허하지만은 않을 거라고."

"음, 근데 너는 우주에 대해 어떻게 아는 거야?"

"그래도 나 요정학교에 다닌 지 벌써 2000년이라고~"

"응? 2000년이라고?"

"아, 우리 요정은 다른 생물들과 시간이 다르거든, 나는 사실 5000년밖에 안 살아서, 그다지 나이가 많은 편은 아니지~."

"음…"

"뭐 여기에선 1000년 기준으로 1살이라고 하지만, 너희 인간들과는 달라~. 뭐 어쨌든, 요정학교에 다니면서 우주도 배웠어. 그림뿐이었지만, 그 그림을 처음 봤을 때 그 아름다웠던 모습이 아직도 생생하게 기억나. 직접 우주를 간 것은 아니지만, 나의 말을 이해할 날이 올 거야~."

"음 나는 학교를 가본 적이 없어서 모르지만! 엄청 좋은 곳이구나!"

"응, 힘들긴 하지만 좋은 곳이지. 내일 아침에 다시 얘기 나누자."

"그래."

"준비 다 됐어?"

"응"

많은 감정이 들었다. 처음으로 직접 보고 궁금증을 해결하는 것이, 이렇게나 가슴이 쿵쾅거리고 설레는 일인지. 우주는 내가 상상하는 그 대로인지, 아니면 나의 상상을 뛰어넘는 새로운 곳인지. 모든 생명들은 살면서 새로운 것을 배우고 알아간다. 지금의 우리가 있는 이유는 '새로운 것을 보고 느끼며 겪어서'라고 생각한다.

"아! 우주에서 돌아가는 방법은 소원서에다가 *돌아가기* 를 누르면 돌아갈 수 있을 거야! 자…. 소원 빌게! 일단 '요정 소원서'라는 책을 펼치고 소원을 적어야 해! 그 후 주의사항을 읽고 순서에 맞게 책을 천천히 읊으면 돼. 후…. 준비됐지?"

"응!"

촤라락 &–*@%~¥$*£¥£#! 책이 펼쳐지면서 빛이 나오더니, 점점 나의 몸을 감싸는 느낌이 들었다.

"음 여기는?"

"일어났어? 여기가 우주에 있는 목성이야! 소원이 이루어지는 데 성공했어!"

"우주는 안될 것 같았는데 성공이라니! 히히…."

"여기가 우주인가?"

눈을 뜨자 보이는 것은 캄캄한 어둠 속에서 밝게 빛나는 별이었다. 턱없이 큰 별을 보니, 인간은 한없이 작다는 생각이 든다.

발걸음을 옮기자, 보이는 것은 '달'이었다. 정말 환하고 아름답기도 하지만, 달 속으로 왠지 빨려 들어갈 것만 같았다.

"이곳이 우주야!"

"와 이곳이 우주!"

별과 달이 반짝이는 빛으로 나와 요정을 반기는 느낌이 들었다.

"어때? 정말 신비롭고 아름답기도 하지만 한편으론 무섭기도 하지? 난 우주가 공허하다고 생각하지 않아. 이렇게 많은 행성과 별들이 우릴 반기고 있는 걸?"

"응. 우주는 공허하지 않아. 이제 알 것 같아."

요정과 나는 앉아서 달을 보며 얘기를 나눴다.

"너와 우주에 오게 된 건 정말 행운이야!"

나는 후회 없는 듯 웃었다.

"하하…. 응! 우주라는 것은 참 아름다운 것 같아! 나는 이번 일로 우주는 공허하지 않다는 것을 깨달았어. 하지만 여전히 우주에 대한 궁금증은 남아있는걸? 더욱 알고 싶어! 이 우주에 대해!"

"그럼 나와 함께 또 가볼래? 다른 우주로!"

"그래!"

나는 지금도 요정과 함께 우주를 여행 중이다.

<작가의 말>

처음으로 창작소설을 써볼 수 있어서 너무 좋은 경험이었던 것 같다. 평소 나는 내가 만든 일러스트 캐릭터를 이용해서 이야기를 써보고 싶다는 생각을 했었다. '잘 어울리는 배경은 어떤 게 있을까'라는 고민을 많이 했다.

그렇게 해서 나온 것이 우주라는 배경이다. 신비로운 우주만의 분위기로 등장인물의 이야기를 잘 나타낼 수 있겠다고 생각했다. 그래서 '우주'를 주제를 선택했다.

이 글을 쓰면서 어려웠던 부분은 스토리나 주인공들의 얘기를 담아내는 것이었다. 그래도 글을 쓰면서 글을 쓰는 방법을 알 수 있어서 좋았다. 짧지만 소설 한 편을 창작할 수 있어서 뿌듯하고 좋은 경험이었다.

동아리 지도선생님과 선배님, 친구들 모두 너무 친절하셨고, 함께 활동하는 것이 재미있었다. 책쓰기 동아리 활동을 통해 학교생활의 좋은 추억을 만들어주셔서 감사하다. 앞으로도 좋은 글을 많이 써서 계속 책쓰기에 도전하고 싶다.

우주 • 빈다현

추억의 점

· 정지우 ·

색다른 아침이 시작되었다. 내 집 침대 위에서가 아닌 할머니 집에서 아침이 시작되었기 때문이다. 어제까지만 해도 '을' 같은 존재인 대기업 회사 사원이었지만, 이 XX 같은 나는 어제 회사 상사 덕분에 시골로 내려올 수 있게 되었다.

회사의 상사는 나에게 악감정이 있는지 사소한 일도 다 나에게만 시켰다.

"지가 발이 없어 손이 없어."

더 이상은 회사 일에 대해 생각하고 싶지 않다. 뭐, 내가 이 자본주의 사회에서 도피한 사람이라고 하겠지만, 나는 그게 아니라 생각하고 싶다. 그렇게 생각하기엔 나는 아직 26살 꽃다운 청춘을 즐길 나이이니까.

가끔은 아무 걱정 안 해도 되었던 학창 시절로 돌아가고 싶다. 요즘은 친구들과도 잘 연락을 안 하는데 오랜만에 만나는 것도 좋은 생각이라고 생각이 든다.

아, 다시 시골에서의 아침으로 가자면. 아직 이부자리에서 눈을 감고 있었지만, 아침부터 할머니표 된장찌개 냄새가 솔솔 난다.

'그래, 이 냄새가 그리웠다고.'

세숫대야에 물을 받아서 고양이 세수를 하고, 바로 아침을 먹었다. 밥을 먹는 동안 할머니께선 트로트 가수들 얘기를 하신다. 내가 아는 트로트 가수는 임영웅뿐이라 나는 거의 듣고만 있다가 가끔 맞장구를 쳐 드렸다.

밥을 먹고 바로 산책을 나섰다. 역시 시골이라 그런지 눈에 초록빛 풍경이 담겨진다. 내 옆으로 흰 나비도 훨훨 날아가며, 내 옆에서 나란히 날았다. 그냥 웃음이 나오는 거 같다. 가을을 알리는지, 풀 위에 잠자리가 있었다. 거기에 노래까지, 완벽한 아침 산책이었다.

집으로 귀가하니 할머니께서 겉절이를 만들고 계셨다. 할머니 겉절이는 언제 먹어도 상상 이상으로 맛있다. 할머니가 겉절이를 버무리는 동안 옆에서 조금씩 집어먹다가 점심 밥상에서 보자고 혼잣말을 하고서 거실로 갔다.

딱히 뭘 하고 싶지도 않고, 하고 싶지도 않았기에 TV를 틀었다.

'젠장, 재밌는 프로그램이 하나도 없다.'

2분도 안 돼 검은 화면이 되었다. 그러다 갑자기 상상에 빠지기 시작했다. 내가 지금 회사에 있었다면, 내 심정이 어땠을지, 또 회사 상사에게 굽신거리고 있었겠진 생각이 들게 되는 시간이다.

학생 때 선생님들께선 공부도 중요하지만, 사람의 인성과 행동이 더 중요하다고 말씀하셨다. 뭐 맞는 말이라곤 생각하지만, 그렇게 행동해서 얻게 된 것은 더 심해져 가는 상사의 갑질과 호구로 사는 일상밖에 없었다.

우연히 봤던 스토브리그 드라마에 나왔던 대사처럼 '말을 잘 들으면 부당한 일만 시킵니다'란 대사가 너무 공감되었다.

아니면 내가 아직 철이 안 들어서 그런가. 어른아이 뭐 그런 건가도 싶다. 더 생각이 나려던 참에 내 이름을 부르는 소리가 난다.

시간은 빠르게 흘러 벌써 점심시간이 되었고, 별로 배고프지 않아 조금만 먹고선 뭐라도 해볼까 해서 집에서 가져온 책을 펼쳤다.

추억에 관해서 쓴 책인데 왠지 모르게 묘한 재미가 붙어서 3분의 2를 그대로 읽어버렸다. 고개를 들어보니 주변은 벌써 깜깜해졌고, 시계를 보니 벌써 6시 30분이 되어버렸다.

부엌에서 할머니가 저녁 준비를 하고 계시길래 상 차리는 것을 도와드렸다. 그런 뒤 밥을 먹다가 갑자기 문득 할머니의 추억은 무엇일까 하는 생각이 들었다. 1년 전, 할아버지께선 폐암으로 돌아가셨다. 할머니께선 매우 슬퍼하셨고, 가끔 뜬금없이 할아버지를 그리워하듯이 할아버지 얘기를 하곤 하신다.

그런 할머니의 추억은 뭘까. 지금의 나보다 더 어렸을 때부터 할머니께선 매번 가난이 일상이었다. 6.25 전쟁이 일어났을 땐 군인들을 피하려고 쓰레기통 같은 곳에 숨어계셨다고 내게 직접 말씀해주셨다. 그렇게 뼈아팠던 시간이 있어도 점점 시간이 지나가면서 작게라도 큰 추억이 있을 거라 난 생각한다.

음, 자기 아들이 결혼했을 때? 그런 게 추억이지 뭐. 감성에 빠진 듯 생각을 하다보니 벌써 밥그릇은 비어있었다. 다 먹었으니 할머니께 잘 먹었다고 얘기한 뒤, 결말을 알기 위해 다시 책을 들었다.

서서히 책 두께가 왼쪽으로 쏠렸다. 읽다가 갑자기 또 딴생각에 잠길 뻔하였지만, 다시 집중하고 읽다 보니 벌써 마지막 페이지까지 넘기게 되었고, 그렇게 책 한 권을 다 읽었다. 책의 마지막 페이지 중에 '그래서 난, 다시 나의 추억을 찾으러 나의 일상으로 떠났다'란 말이 쓰여 있었다.

다음 날 아침 할머니에게 감사 인사와, 간다는 인사를 한 뒤에 버스 정류장으로 향했다. 다시 내 집으로 가면 새로운 추억을 만들고 싶다. 가서 만나는 애들마다 직장은 어쩌고 갑자기 뭔 추억 타령이냐고 하겠지만 상관없다. 지금까지 제대로 된 추억도 없는데, 자기 추억 하나 잘 얘기 못 하는 인생은 별로 살고 싶지가 않다.

아, 제일 다행인 건 20살 때부터 꾸준히 돈을 모아왔기 때문에 돈 걱정은 안 되는 것이다. 버스를 타고 가는 중에도 뭘 하며 추억을 만들지 생각하면서 역에 도착했다. 전철을 타도 괜찮지만, 마음의 이끌림에 기차를 타고 싶어져 기차를 타고 갔다. 그렇게 어찌저찌 집에 도착하게 되었다.

집에 가는 길에 처음으로 노래를 들으며 갔다. 아는 노래가 딱히 없어서 노래 모음 영상을 틀며 걸었다. 하루 만에 오는 집이지만 뭔가 느낌이 다른 거 같다는 생각이 들었다.

손을 씻은 뒤 바로 책상 앞에 앉아 사고 나서 딱 세 번 써본 다이어리를 펼쳤다. 나만의 추억 만들기란 제목을 쓰고, 다이어리에 내가 하고 싶은 것에 대해 마구 써 내려 갔다.

앞으로의 내 인생은 전보다 더 특별해질 거라고 생각한다. 이제 겨우 4시밖에 안 됐으니 공원에 가서 산책이나 해볼까 하는 생각이 들어 곧장 옷을 입고 집 밖으로 나왔다. 풍경에 집중하면서 걸으니 계속 보던 나무도 색다르게 보이는 거 같다. 내일은 오늘보다 조금 더 특별해져 있을 거라 생각하며 걷고, 또 걸었다.

이제 난 새로운 인생이란 타이틀을 정하고, 그 세계로 향해 달려갈 것이다.

책쓰기에 풍덩 빠지다